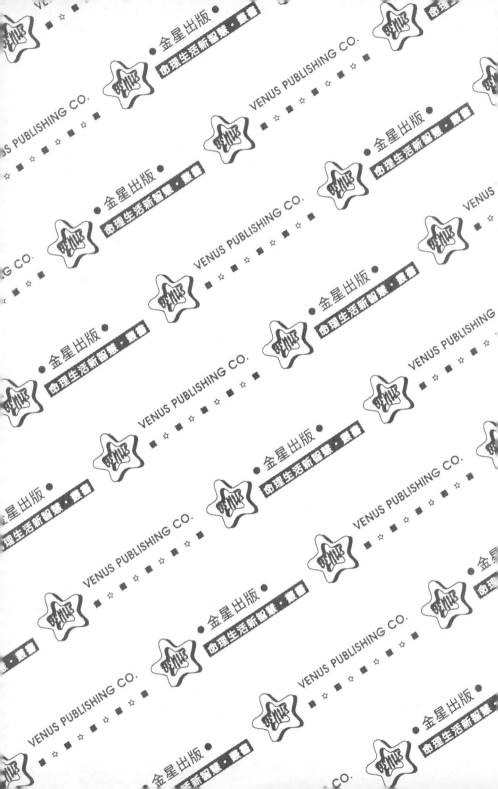

金星古典情趣・叢書 03

《太平廣記》
（神仙篇）
精選故事集

（白話文）

李昉等十二人編纂・袁光明 譯著

金星出版社：http://www.venusco555.com
E-mail: venusco555@163.com
網址：http://www.fayin777.com
E-mail:fatevenus@yahoo.com.tw

金星出版

國家圖書館出版品預行編目資料

太平廣記(神仙篇)精選故事集(白話文)／
李昉等十二人編纂，袁光明編著， --
臺北市：金星出版：紅螞蟻總經銷，
2022年 [民111年]第1版； 面 ；公分—
（古典文學叢書・3）

ISBN 9789866441844

1.文學類

857.251 111014222

太平廣記(神仙篇)精選故事集（白話文）

作　　者：法雲居士
發 行 人：袁光明
社　　長：袁光明
編　　輯：王璟琪
總 經 理：袁玉成
地　　址：台北市南京東路三段201號3樓
電　　話：886-2-23626655
傳　　真：886-2-23652425
郵政劃撥：18912942金星出版社帳戶
總 經 銷：紅螞蟻圖書有限公司
地　　址：台北市內湖區舊宗路二段121巷19號
電　　話：(02)27953656(代表號)
網　　址：http://www.venusco555.com
E-mail：venusco555@163.com
venusco997@gmail.com
法雲居士網址：http://www.fayin777.com
E-mail：fayin777@163.com
fatevenus@yahoo.com.tw

版　　次：2022年11月 第1版 2023年9月 加印
登 記 證：行政院新聞局局版北市業字第653號
法律顧問：郭啟疆律師
定　　價：390元

行政院新聞局局版北字業字第 653 號

ISBN :978-986-644184-4（平裝）

序

這本《『太平廣記』(神仙篇)精選故事集》，是將『太平廣記』中廣收的野史及小說雜著用白話文的方式普及給大眾。一方面可做為讀者有趣的閱讀，一方面可給研究唐代文學、或研究唐代社會思想的參考資料。

『太平廣記』成書於西元977年宋太宗趙炅(趙光義)太平興國二年，由李昉等十二人奉王令所編纂的書。引書大約四百多種，定名為『太平廣記』。其中以神仙、女仙、神、鬼、異僧、定數、畜獸、草木、徵應等佔大部份。書中絕大部分小說都是唐代及道教的作品。今我只選了神仙篇的故事來組集。

因為我以為這些『神仙篇』的人物有些是歷史上的真人，也大都是內心清爽、正派、正義之士。因為修道而有異於常人的想法。再則，我也發現道教的傳教方式也和佛教早期傳教方式類同。佛教在敦煌壁畫中留下，得道者能至極樂天府，寶石鑲綴的宮殿，宮娥飛天漫天散花，吃食不完。

在『太平廣記』中的神仙自己不用吃食，但會給救濟者金銀和吃不完的食物。

也會帶他們到仙府一觀。那裡也是金碧輝煌，高閣殿宇，美不勝收。

我想：無論哪一種宗教，都會給人一些現實社會所無法完全達到的人欲貪念的滿足，雖然它一方面也是要你能清修自制，絕塵而升天。但那只是一種境界。絕大多數的俗人還是在三界火宅之中。

魯迅說：「我以為《太平廣記》的好處有二，一是從六朝到宋初的小說幾乎全收在內，倘若大略的研究，即可以不必別買許多書。二是精怪，鬼神，和尚，道士，一類一類的分得很清楚，聚得很多，可以使我們看到厭而又厭，對於現在談狐鬼的《太平廣記》的子孫，再沒有拜讀的勇氣。」

他說得真妙，後人說狐鬼的，真說不過『太平廣記』。但是我覺得『神仙篇』的故事隱喻更能令人發思想之透徹清明。

作者　序

目錄

1. 杜子春登仙失聲

在北周與隋朝興國的年代，有一個叫杜子春的人，年少時落魄不羈，也不生產財務，及管理家務。總是性情悠閒曠達，和朋友閒遊喝酒，終於家產耗盡了。於是到親戚故友處投靠。但都不與待見，非常嫌棄他。

這一年剛好冬天了，他身著破衣，肚子空空的走在長安城中，從早到晚都沒吃過一點東西。內心徬徨，不知要去哪裡。終於走到東市西門處，帶著一臉饑寒之色，仰天長嘆。

這時，有一個老人拄著枴杖走到他面前，問他說：『君子為何嘆氣呢？』杜子春把心理話告訴他，並且忿忿怨恨親戚們都疏遠他、薄情於他。激憤之情都在臉上。老人說：『你要多少錢夠用呢？』杜子春說：『三、五萬就可供生活了。』老人說：『未必吧？』杜子春又改說：『十萬元夠用。』老人說：『未必吧？』杜子春就說：『百萬元。』老人說：『未必吧？』杜說：『三百萬元。』老人乃說：『可以了。』於是從自己袖中取出一串錢說：『這個給你今晚的錢。明天午時，在西市波司邸宅等你，要謹慎記住不要晚了，過時不候。』到了第二天午時，杜子春去了。老人果然給他三百萬錢，並且不留姓名就走了。

杜子春既然有錢富了，又開始有了遊蕩之心。自以為一輩子不會再住寄宿的旅社了。於是開始乘肥馬、穿著絲綢輕衣，與酒友相會。又召絲管樂隊及在酒樓召倡妓歌舞歡樂。也不管以後如何賺錢生活的事情，皆不以為意。

在一、二年之間，錢財慢慢用盡。他的衣服車馬，從貴的改用便宜貨，也不騎馬改騎驢。最後驢也沒了，改用徒步走路。一下子變回以前當初的時候，又再次無計可施。又在城市城門那理自怨自嘆。當他發出聲音時，老人就到了。他握住杜子春的手說：『你又變成這樣了，真奇呀！我還是會再接濟你，要幾吊錢才可呀？』杜子春慚愧的不應聲。老人又逼問他，杜子春只是羞愧的道謝而已。老人說：『明日午時，來以前那個地方。』杜子春忍住羞愧前往。拿到一千萬錢。

在沒有接受餽贈之時，人會很憤發，以為從此就要好好謀生，經營生意生活。要像晉朝時的石崇、戰國時的猗頓，白手起家的突然發富的小子一樣。錢既入了自己的手，又闊綽起來了，心裡又翻騰得想擺闊。又縱情酒肉，又如故往。沒有

一、二年又貧困的過舊日子了。又再次在原處遇見老人。杜子春羞愧難當，掩面而跑走。老人牽扯著他的衣角而阻止他跑走。又說：『啊呀！這是笨拙的想法啊！』因而又給了他三千萬錢。並對他說：『這次你的窮病不痊癒，那你的窮並病真是病入膏肓，不會好了。』杜子春說：『我落魄不羈，不走正途的閒遊，一生的生命與錢財都浪費完了。我的親戚和高門大戶，沒有一個來照顧我的，獨獨有你老人三次給我錢。我何德何能可以如此接受呢？』因此告訴老人說：『我得此錢，可立刻在人間社會上做善事了。可照顧孤兒、孀婦，可給他們衣食之需。我要恢復名教的作法，成就善事。我感激老人的深深恩惠，在作完這些事後，我任由老人所使喚。』老人說：『我想的事情是：你完成生活上的事情，明年的中元節，跟我在檜樹下見老君。』杜子春因為淮南地方有很多孤兒、孀婦住在那兒，所以轉到揚州買了良田百頃，建了府第與牆郭。並設置邸屋百餘間，給孤兒孀婦住。他們各自分居府第中。有結婚嫁娶的甥姪輩，幫族中親戚還柩附葬，對己有恩的人撫恤之。對己有仇的人，也恢復感情。事情都作好了，剛好中元節到了，他就去到和老人約定的地方。

在二棵檜樹之間的陰影裡，老人才吹哨一聲，立刻登上華山雲台峰了。再進入四十多里路，看見一間非常清潔的空屋。不像常人居住的。有彩雲遠遠的覆蓋過來。有鶴鷲起飛翔在屋上。此屋有正堂。中間有九尺高的藥爐，爐中發出火焰紫光，火光照耀著窗戶。有玉女九人，繞著藥爐而立。更有青龍白虎在藥爐前後。

此時已是日暮黃昏，老人不再穿俗人衣服，而是穿著黃冠鳳帔，手裡拿著三丸白色丹藥，酒一杯，拿給杜子春，叫他快快吃下。又取一張虎皮，鋪於屋內西壁，面向東而坐。告誡杜子春說：『要小心不能說話。雖然有尊貴的神或惡鬼、夜叉、猛獸、地獄，或你的親屬受到捆綁難過，都不是真實的。只要不動、不說話。只要安心不要懼怕，最後一定沒有痛苦的。你要一心記得我所說的話！』說完就走了。

杜子春看庭院中只有一隻巨大的甕。其中裝滿了水。道士剛走，就有帶著旌旗、穿著盔甲、帶著長戈的兵士，有千乘萬騎的兵馬，滿坑滿谷的而來。呵叱之聲震動天地，震耳欲聾。有一個大將軍，有一丈多高的身高，人和馬都穿著金甲，光芒四射。帶著親衛數百人，張弓持劍的衝到堂前。大聲喝說：『你是何人？敢不避諱大將軍？』有一兵士持劍而來逼問他的姓名。又問做何事。杜子春都不吭聲。問的人大怒，摧壞東西，斬砍、射箭的聲音像雷聲一般。他也不理。將軍極度忿怒而走了。

一會兒又有猛虎毒龍、獅子、蝮蛇、蠍子吼叫著爭著向前搏鬥噬咬。也有要跳到杜子春身上的，還好他聲色不動，有一會兒才散掉。

接著又有大雨滂沱，雷電一閃一閃的，有火輪在他身體左右轉動，雷光電掣他前後，眼睛不能開。一會兒，庭院水深二丈多，雷電吼聲，像山川要破開了。無法制止。瞬息水波到他的坐墊下，杜子春端坐不理。

沒一會兒，先前那將軍又來了。帶著牛頭獄卒、醜陋的鬼神，把大鍋湯放在杜子春面前，用長槍叉著，圍著四周。傳命言道：『肯說你的姓名就放你。還不肯說，就要將你放到大鍋中了。』又不應聲。

接著又抓了杜子春的妻子來，拽於階下，指著說：『講她的姓名可免苦。』又不應聲。於是對杜妻鞭打流血，或用射箭，或用砍的，或用煮的、燒的，其苦無法忍。杜妻哭號著：『我真是拙陋的人，辱及你的顏面。然而有幸和你結婚，侍奉你十餘年了，今天被鬼所抓住，非常痛苦。並不敢希望夫君你來幫忙乞求，但請你說一句話。就能保我性命。凡是人都有感情，夫君卻忍心吝嗇一句話。』杜妻在庭院中灑淚淋雨，又咒又罵。杜子春始終不回頭。將軍又說：『看我能不能有更厲害你的刑具對你妻子？』下令取剉刀、錐子，從腳一寸一寸的剉。杜妻哭叫聲愈大愈急，杜還是不理。將軍說：『此賊妖術已煉成，不可使他久活於人世間。』敕令左右將杜子春斬死。斬死後，杜子春的魂魄被帶去見閻羅王。

閻羅王說：『這是雲台峰的妖民嗎？』提到獄中，又是鎔銅鐵杖，下火烹油鍋、刀山劍樹，地獄的苦全嚐遍了。但杜子春心中記得道士的話，居然可忍住，而不呻吟。

好不容易，獄卒告訴杜子春罪已受完。閻羅王又說：『此人是陰賊，不能做男人，宜讓他做女人。』於是發配他生於宋州單父縣丞王勸家。做了王家的女兒後，生而多病，沒有停過針灸醫藥，也常常掉到火中或掉到床下，非常痛苦。但始終不出聲。很快的長大了，其容貌絕美，但不會說話。家裡都當她為啞吧女孩。親近的親戚捉弄她，也不說話。同鄉中有一個進士叫盧珪的，聽聞其容貌美麗而仰慕，並請媒人來求親。王家以閨女為啞女推辭。盧進士說：『只要做妻子賢德，何必多用言詞啊！這樣也可戒掉長舌之婦的錯。』王家就允許了。盧生備了六禮，親迎為妻。如此過了數年，夫婦感情都很好，生一男孩。只有二歲，非常聰慧。一天，盧生抱著兒子跟她講話，她不回答。多方引導，也沒開口。盧生大怒說：

『以前有賈大夫之妻鄙視其丈夫才不笑。但看他射雉就笑了。尚可解其憾事。今我並不像賈大夫一樣醜陋，而所有的文質技藝也並不是只有射雉而已，你卻仍不說話。大丈夫被妻所鄙視，有兒子有什麼用？』乃抓著自己的雙腳，將頭撲倒在石頭上，頭骨就碎了，血濺數步。杜子春愛著盧生，突然忘記道士的約定，不覺失聲說：『噫！』噫聲未停，杜子春身體坐在原處。道士亦在他前面。此時正是初五更了。又看見紫色火焰穿進屋堂上，大火四起，屋室都焚毀了。

道士嘆說：『你大錯，又誤了我！』於是提起杜子春的頭髮，投入庭中的水甕中，一下子火就熄了。道士向前跟他說：『你的心呀，喜怒哀懼惡慾等感覺都忘了，所未完善的是「愛」而已。如果你沒有發出『噫』聲，我的藥就做成了。你也可以登仙了。哎呀！要成仙之難成呀！我的藥可以重煉。但你的身體仍可被世界所容身吧？加油！勉勵吧！』道士指著遙遠的道路，讓杜子春歸家。

杜子春登上煉丹爐的基座，上去看煉丹爐已壞了。其中有長數尺、大如臂之鐵柱。道士脫了衣服，以刀子削鐵柱。杜子春既然歸家，羞愧自己忘記誓言。想再次對道士盡力幫忙，以彌補自己的過失。每次走過雲台峰，看到毫無人跡，感絕悔恨而回。此篇出自(《續玄怪錄》)

2. 張老娶妻登神仙府

有一位揚州六合縣的老園丁，稱做張老的。他的鄰居中有一個名叫『韋恕』的人。在南朝時梁朝天監年號時期，從揚州當曹吏任職居滿回來。他有一個大女兒到了十五歲待嫁的年紀，就叫來鄰里中做媒婆的老婦人，叫她幫忙尋找品行好的女婿。這個張老聽說了心中高興，就在韋家門外等候媒人。老婦出來，張老就請她到自己的家，並準備酒食招待她。當酒興闌珊時，張老跟這個媒人老婦說：『聽說韋家有女兒要嫁人，請你幫忙尋求好的夫婿，有這事嗎？』答說：『是啊！』又對她說：『我是很誠心的，雖然我的身體衰弱年邁，從事澆灌園圃的農業，衣食無虞，請幫我去求婚。事成後有重謝。』老婦大罵張老就走了。

又過了幾日張老又邀請做媒的老婦人，老婦說：『老頭！你為何不自己打量一下，怎會有高門大戶的子女，肯嫁給做農夫的老頭呢？這家人雖然貧窮，但也有很多士大夫家的人來競爭說媒的，所以你老頭是不匹配的。我怎能為了老頭你的一杯酒，就被韋氏所氣憤侮辱。』老頭依然堅持說：『勉強幫我說一下嘛！他們不肯，就是我的命了！』老婦不得已，冒著被韋家責備的風險，幫張老去韋家說親了。果然韋家大怒說：『老太婆！你以我家貧，輕視我們是不是？在韋家怎麼會有這種事？況且那個澆園種地的老頭是什麼人？居然敢來說親。老頭固然不對，老太婆你怎麼也不分輕重呢？』老太婆說：『這實在是不適合說的，但被那老頭所逼得，不得不傳達他的意思。』韋恕生氣的說：『幫我跟他說，叫他幾日內拿五百吊錢就答應。』老媒婆回去告訴張老，張老說：『可以。』

沒多久，張老用車載五百吊錢送去給韋家。韋家的人大驚失色的說：『之前說的是戲言，而且這個老頭是園丁，怎麼會變成這樣了呢？我想他必會沒有那麼多錢才講的，現在不多時錢便到了，要如何是好呢？』就叫人暗中通知他女兒。這女兒也不惱恨，還說：『這就是我的命吧！』就允嫁了。

張老就娶了韋氏之女。他在農田耕作也很賣力，又鋤地又負載穢物，不停的販賣蔬菜。他的妻子就親自煮飯洗滌衣物。一點沒有不高興地樣子。親戚看她嫁了個老頭，都不高興跟她來往。隔了數年，地方上有知識的人就責備韋恕說：『你家實在是貧窮，鄉里內也實無貧窮子弟可嫁，為何把女兒嫁給一個園丁老頭呢？既然不理他們，為何不叫他們走遠一點？』隔了幾天，韋恕備酒，叫女兒和張老回去吃飯。酒酣耳熱之際，韋恕告訴他們『令其離開』的意思。張老站起身說：『之所以不馬上離去，是怕妳們父女心中會掛念。現在既然已相厭煩了，離開也不難。我在王屋山下有一小莊戶，明天早上就回去了。』天剛亮，就來與韋恕道別：『他年若想念我們，可讓大哥到天壇山南邊來探訪。』接著張老就讓妻子戴著斗笠，騎著驢子，張老執著鞭子一起走了。以後都沒消息。

幾年之後，韋恕想念女兒，以為女兒一定是蓬頭垢面的，無法相認。就叫兒子義方去探訪女兒。義方走到天壇南邊，剛好遇到一個崑崙奴（東南亞一帶的黑人「尼格利陀人」），他駕著黃牛在耕田。問他：『這裡有張老家的莊宅沒有？』崑崙奴放下鞭杖敬拜說：『大舅子為何很久都不來？莊子離這裡很近，我來當前引引你去。』就一起向東而去了。

起初上了一座山，山下有水，走過水邊，連綿有幾十處，景色漸漸不同，跟人間的景色不一樣。忽然又下了一座山，在河北邊有朱紅色的房舍宅第，樓閣層層參差偉峨，還有繁茂的花木，雲霞煙霧十分美麗，還有白鶴、孔雀、鸞鳥在宅第間徘徊飛翔。又有音樂歌聲響亮入耳。崑崙奴指著說：『這就是張家莊。』韋義方看了驚訝的嚇到了。一會兒到了門口，門房有紫衣的小吏，將他引入廳房之中。廳內佈置之華麗，是他從未看過的。空氣中有一種奇香瀰漫著，遍及滿山滿谷。忽然聽見珠珮晃動的聲音漸漸走近，有二個青衣使女出來說：『舅郎到此。』接著又有十幾個青衣使女，姿容都是絕代美女，成隊的而走，像是在帶引他。

突然又看見一人，頭戴遠遊時用的頭冠帽子，穿著朱紅衣服，腳登朱紅的鞋子。慢慢出門。一個青衣使女引著韋義方上前參拜。那人儀容雄偉，臉色美麗白嫩，仔細看，就是張老。張老說：『人世間是勞苦的，就像處在火中，身體無法清涼。愁悶的火焗熱猛，無法有一點須臾的安泰時間。舅兄你長久客寄在俗世中，如何自己娛樂一下呢？令妹稍微梳頭一下，馬上就來相見。』這個廳堂是用沉香做的樑，用玳瑁點的門。窗戶是碧玉做的。還有珍珠貼箔。台階都是冷滑的碧綠色。看見妹妹的服飾之豪華盛大，在世間沒見過。兄妹二人略為寒喧了一下，只是問候了尊親長輩而已。過一會兒，進獻美饌吃食了，非常精美芳香好吃，無法形容。用餐畢，留韋義芳在內廳留宿。

第二天天剛亮，張老和韋義方同坐。忽然有一青衣使女對張老附耳說話。張老笑說：『宅裡有客，可能日暮而歸，所以說：我的小妹要去遊蓬萊山，妻子也要去，會沒到黃昏就回來。舅兄你先在此地休憩一下！』張老作揖就進去了。

忽然庭院中有五色彩雲興起，鸞鳥鳳鳥在飛翔，音樂聲響起，張老和妹妹各乘一隻鳳鳥，也有數十人乘著鶴漸漸飛上天空，向正東方而飛去。一下子看不見了。但仍隱約的聽見音樂的聲音。韋義方在後堂，有小的青衣使女謹慎侍候。到了黃昏，又聽見吹笙的音樂。一下子張老和其妻都下到庭院了。他們對韋義方說：『獨居是很寂寞的，然而這裡是神仙之府，不是凡人可隨便遊玩的，以你的宿命，是合於到此地一遊的，然而不可以久居於此。明天你就要離開了。』剛好，韋妹又出來別過其哥哥，慇懃的叮囑傳話給父母，請別擔心。張老說：『人也離這裡很遠，來不及寫信。送上黃金二十兩。』並送給他一頂舊的藤蓆草帽說：『舅兄若沒錢了，可在揚州北邸賣藥的王老家，去取一千萬。用此為信物。』於是就告別，又叫崑崙奴送韋兄回去。到了天壇，崑崙奴拜別他就回去了。韋義方自己就帶著金子回家了。

家裡的人很驚訝，問他：到底是神仙，還是妖孽？不知道是什麼。在五、六年間韋家的錢用完了，又想去拿張老的錢。但又懷疑是妄言。或者說：『要拿這些錢，但不拿一點字據，這個帽子能信嗎？』但又窮困至極了，家裡人就逼他說：『一定拿不到錢的，但又有何傷害呢？』韋義方就去了揚州，到了北邸。

姓王的老人正在市集陳列藥物。韋兄上前說：『老人您姓什麼？』回說：『姓王。』韋兄說：『張老讓我來取錢一千萬，以此帽為信物。』王老丈說：『錢是有的，蓆帽對嗎？』韋兄說：『老丈你可驗一下，怎麼會不認識呢？』王老沒說話。有一個小女兒從青布幃簾中出來說：張老常過來，叫我縫帽頂。當時沒有黑線，就已紅線縫的。縫線的手跡和顏色，都可驗出。』就取帽來看，果然就是。

於是韋義方就載著錢回家了。於是相信真有神仙了！

韋家又想念女兒了，又派遣韋義方去天壇南邊尋找。到了地方，卻是有千山萬水而沒有路。剛好遇到一個樵夫，也不知有張老的莊戶。傷心得浩然一長嘆而回。全家都以為是神仙和俗人不同類，所以沒有相見之日。又去尋找王老丈，也不見了。此後數年，韋義方偶然遊歷揚州，閒步走到北邸前面，忽然看見張家的崑崙奴上前說：『大郎舅家裡怎樣？娘子雖不能回家，但像每天侍奉左右，家裡的事無大小巨細，沒有不知道的。』又從懷裡拿出十斤黃金給韋義方。又說：『娘子命我送給大郎舅。張老郎君與王老丈會在此酒家飲酒，大郎舅請坐。崑崙奴我去報知一下。』義方坐於酒肆旗下，等到黃昏也不見崑崙奴出來。就進入酒家中觀看。喝酒的人坐滿了，但座上並無二老人，也無崑崙奴。看看黃金，也是真金。他驚訝的嘆息而回。這十斤黃金又供養了他們數年的衣食，之後不再知道張老在哪裡了。（此篇出自《續玄怪錄》）

3. 裴諶得道勸友

有三個人裴諶、王敬伯、梁芳，相互約為世俗之外修道的朋友。

在隋朝大業年中，三人一起去白鹿山學道。說是在道家中燒煉丹藥，化為金銀的這種黃白之術，是可以煉成的。也可以煉成長生不死之藥。人能隨雲彩飛起羽化登仙。這些工夫是要長久學習的、苦練的。要主動的採集與排練，用手腳一起打拼，十幾年間，幾人還沒有什麼成就。

梁芳先死了。王敬伯就對裴諶說：『我之所以離開國、沒回家，耳朵也不聽音樂，口中吃素厭棄肥肉。眼睛也不看秀麗的顏色。不住華美的屋子，而住茅草的書齋。鄙視歡樂的娛樂，而注重寂寞養生。這不是想乘雲駕鶴，在蓬萊仙山遊玩。就算去不成，也希望能長生不老，壽命如天地一樣高。現在仙海無盡頭，長生又還沒到。雖仍然辛勤努力於深山中，說不定就死了。敬伯所喜歡的是：下山去騎乘肥馬，穿美麗的衣裳，聽美人唱歌，風花雪月，遊玩於京城洛陽間。玩意滿足了，然後求騰達，再建立功業成大事，來榮耀人間。縱使不能在三山遊憩，喝瑤池的酒，穿有龍紋如彩霞的衣服，有鸞鳥來歌舞，與仙人和天官為朋侶，並且要腰間繫金帶，穿著紫袍，衣服上有凌雲煙靄的圖形，並且站在上卿士大夫中間。如何呀？你不一起回去嗎？難道要白白死於深山中？』

裴諶說：『我是大夢方醒的人，不會再沉迷進去。』

王敬伯就回去了。裴諶挽留不住他。

這在唐朝貞觀初年時，王敬伯以舊籍調授與左武衛騎曹參軍。大將軍趙朏娶了王敬伯的女兒為妻。數年間，王敬伯升調大理廷評，穿紅衣，奉令出使淮南。當船航行高郵地方，被阻止前行。有人大聲喝叱，大風也吹起。舟船都不敢移動。當時天微微下雨，忽然有一艘漁舟，突破防線過來。其中有一個老人，穿著簑衣戴斗笠，敲著棹搖槳，像風一樣而走了。王敬伯以為是自己的使者，當時他聲威武力遠近皆知。此漁夫居然敢衝過來，仔細看一下，乃是裴諶。就下令追他。追上後，請他把舟船互相繫上。請他到自己的艙內坐下。握著裴諶的手安慰他說：『裴兄你久居深山，棄置名聲官位，而沒有成就到此境地。更無法補風捉影古人怕長夜，尚且秉燭夜遊。何況你年紀輕輕的而丟棄白天不做事。敬伯自出山數年間，今以做到廷尉評事的官了。昨天審獄公平，所以得到皇帝賞的任命袍服（緋衣），淮南有奇怪讓人懷疑的犯罪獄案，今天上承有司官吏，上面會擇選清明的官吏來審訊。敬伯預料會選上。因此有此行。雖不能說在官途上顯達，跟山裡的老叟你比起來，應該是差勝一些！兄台你喜歡勞苦，跟以前一樣。真是稀奇了！稀奇了！現在你有什麼須要的，我可以奉獻你一點。』

裴諶說：『我輩是野人，心裡和雲鶴一樣，不能被腐臭的老鼠所嚇到！我運氣沉，你運氣好，魚跟鳥各自適應，何必矜持炫耀呢？人在世間所需求的，我可以給你。你有什麼可贈給我的？我與山中的朋友在廣陵賣藥，也是有休息的地方。青園橋東邊，有櫻桃園數里，園北有車門，那就是我的宅第。你在公事少的時候，可來找我於此。』隨即立刻走了。

敬伯到廣陵十餘日。有一天事少很閒，想到裴諶說的話，就出去尋找他。果然有車門，問了一下，是裴宅。有下人引入，起初景色荒涼，愈走愈佳。走了數百步後，才到大門。樓閣重重，花木秀麗鮮亮。不像是人住的環境。到處有翠綠煙霞籠罩著，景色誘人媚麗，無法形容。花的香風襲來，讓人有飄飄然之感，像是走在雲上。不再以駕車為沉重。看自己的身體像老鼠一般，看徒弟如小小的螻蟻。接著稍微有佩劍撞擊的聲音。二個青衣使女出來說：『裴郎來了。』

又有一人，衣冠很雄偉，儀容像貌很端正美麗。王敬伯向前拜見。一看原來是裴諶。裴諶寬慰他說：『在紅塵界做官，人吃肉食多久，愁慾的火，會在心中起焰燃燒。帶著它而行走，就會很勞苦困頓。』就相揖請進中堂坐下。廳堂中，窗戶和樑棟都裝飾著奇異的寶石。屏幛都畫了雲鶴的圖案。

有一會兒，四個青衣使者捧著碧玉的台盤進來。上面放的物品是奇珍異寶。都非人世間所有的。美味的饌食與香噴噴的酒。很多眼睛都來不及看。到了日暮黃昏，請他入席，點燃九隻蠟燭光的燈，滿坐通亮。女樂工有二十多人，都是貌美絕代。列坐在前面。

裴諶跟小黃頭說：『王評事以前是我山中之友（道友），道情不穩固，離開我下山了。相別近十年，才為廷尉，算是到今天俗心已成就了。須要俗人妓藝來使他歡欣。想伶工家的女兒有沒可召來的？就召士大夫家的女兒已嫁人的好了。如果近來沒有美麗的佳人，五千里內，都可去選擇一下。』小黃頭唯唯諾諾而去。

樂妓在調碧玉箏，始終未諧音。而黃頭已回來復命。引著一妓自西邊階梯登上席前，一拜裴諶。裴指著她說：『參評事！』敬伯答拜。仔細看此妓，正是敬伯之妻趙氏。然而敬伯驚訝得不敢說話。王妻也非常害怕。用眼示意不已。就令此妓坐玉階下。一個青衣女使捧著玳瑁箏給她。趙氏素來會彈箏，就叫她與坐妓合曲，以配酒喝。敬伯坐中間，投了一枚暗紅色的李子給其妻。趙氏看了敬伯一眼，暗地裡將衣戴繫著。當樂妓奏曲之時，趙氏都跟不上節拍。裴諶令樂妓隨著趙氏所奏的節拍。一會兒停一會兒停的，來呈現曲調。這首歌雖不是像古代『雲』、『韶』九奏的仙樂，也不像人間的音樂，而歌聲清亮婉轉，賓客盡歡。

天快亮了，裴諶召黃頭來說：『送趙夫人。』且說『此廳堂為九天畫堂。平常人不能來。我以前與王為道友的交情，感憐他為俗事所迷，自己投於水火之中。以自己的智慧焚燒自己，來使他明白這是他自己害自己。使他自己沉浮在生死的海中，想要上岸而不能夠。因此叫人做此會面，使他能夠清醒過來。今日這次見面，以後再也沒有了！這也是夫人的宿命啊！你可以暫時遊覽這邊。這裡與你的住處有萬重雲山之隔，來往會很辛苦。不必辭別了！』趙氏也就拜別了。

裴諶跟敬伯說：『評公跟使者和車都留在此地住一晚，會驚擾郡將們嗎？可以就將就住下。在未赴新任前的閒暇時，可以來探訪我。紅塵之路很遐遠，紅塵中的愁心事也特別攻擊人。我們都要努力自愛才好。』敬伯揖拜謝過而去休息了。

又過了五日將回去了，準備去道別。這個門不再有宅第，卻是一片荒涼之地，滿眼是荒煙蔓草，使他惆悵而回。

王敬伯返回京師，向上司奏事完畢，回到自己家時，其妻趙氏非常生氣的罵說：『我這個女子雖然寡陋，不足以侍奉你這個君子。但已經厚禮娶過門了，就應禮敬我。上自先祖，下至我們的生後事，怎麼可以苟且呢？奈何被人以妖術送到萬里之遙的地方，去娛樂別人的眼耳。朱李兩個使女都還在，可以做證，會假嗎？』敬伯說盡好話，說：『在那個時候，我自己也想不到啊！這是裴諶已成道了，就以此來相炫耀。』其妻也記得裴諶的話，就不再責備夫君了。

唉！神仙的變化就是如此多，用幻術來迷惑人，這並不是以平常的智慧所能做的。就像用雀鳥變成蛤，把雉鳥變成蜃這種大牡蠣。把人變做虎，把腐草變成螢火蟲，把俗稱屎殼郎、糞屎虫的蜣蜋，變為蟬（知了）。把大鯤魚變為大鵬鳥（莊子中說的），萬物的變化，書中都有記載，我們也無法全然了解，何況除了親眼所見，耳聽為真這兩種方法之外，還有何方法辨真偽呢？（出續《玄怪錄》）。

4. 盧李二生際遇不同

以前有姓盧的、和姓李的兩個年青人，一起隱居在太白山讀書。並且一起學習道家的吐納引氣之術。

一天，李生想回家了，說：『我不能甘心於如此貧寒窮苦的日子，並且在江湖流浪。』就與盧生訣別後回家了。後來李生去管橘子園，官吏和周圍的人欺瞞他，使他欠了官家有數萬貫之多的錢。又羈留他地，不能東歸回家，非常貧困。

又一天，他偶然走過揚州阿使橋，遇見一人，穿著布衫草鞋。看上去是盧生。盧生以前叫二舅。李生就跟他說話，可憐盧生衣衫襤褸。盧生就大罵他說：『我貧賤有什麼可怕的！你自己不好好做事，投身有害的地方，又欠債，而且被囚禁拘留過。還有什麼面目來見我？』李生深深謝罪。

二舅笑說：『我的住處不遠，明天將要奉迎。』

到了白天早上，果然有一個僕人騎著駿馬來說：『二舅派來迎郎君你的。』

就隨他去了。馬疾馳像風一樣，越過城南數十里地，路旁有朱紅色的門斜開著，二舅出來相迎。有數十人的侍婢，穿霞帔，戴閃亮的冠冕。容貌美麗鮮亮，相伴在二舅身旁。這個景況和在橋下的狀況完全不同。

二舅邀李生在中堂設宴饌食。旁邊有名貴的花木和奇樹異草，彷彿身處於雲霄之上。又不斷呈上補藥和食物，都非常美味。

到了夜晚，二舅帶李生到北亭飲酒。說：『要幫你我配酒的人，很會彈箜篌。』一會兒，在紅燭下，有人帶一女子到。容貌艷麗，歌聲音色也很好。李生看到箜篌上有一行紅色字。寫的是：『天際識歸舟，雲間辨江樹。』喝完酒。二舅說：『你願意結婚嗎？此人為有名姓之人家，性格容貌都好。』李生說：『我怎敢？二舅允許的話就會成功。』二舅又說：『你所欠的官錢有多少？』曰：『二萬貫。』二舅就和一個拄杖人說：『帶這人去波斯店取錢。他就可以開始學道，不要自己陷身銅臭之中。』天剛亮，馬來了，二舅叫李生去。送出門，門柱上有補了一行字：雲笈七籤一一三下。籤文是：

『洎歸頗疑訝為神仙矣即以拄杖詣波斯店』十七字。

波斯店的人看見拄杖，驚訝說：『這是二舅的拄杖，如何得到的？』就依言付錢，事情就辦好了。

這一年，李生到汴州。行君陸長源把女兒嫁給他。既已結婚，此女看起來很像跟盧二舅在北亭時看到的女子。也會彈箜篌。箜篌上果然有紅色的字。就是那兩句『天際……』的詩。李生就和其妻說起揚州城南盧二舅亭中筵席之間的事。妻子說：『這些字是我年少的兄弟玩笑地寫在此。昨天我夢見有使者來說：『仙官追』就像你說的一樣。』李生嘆息也驚訝。又去尋找二舅的居處，只見荒草迷漫，不再見亭臺樓閣了。（此篇出自《逸史》）

易經美學

法雲居士◎著

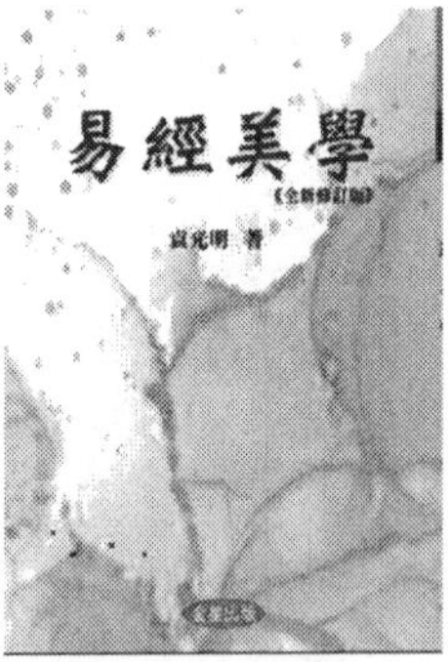

《易經》不只是一本卜筮之書，其內容深邃、義理豐富，並且蘊涵鮮明的『意象』，並開中國美學史上之先河。首先提出『立象以盡意』的命題。《易經》的陰陽、剛柔二元論，更是哲學上辨證思享的源頭。要瞭解中國文化的真諦，就必須從《易經》開始。首先瞭解《易經美學》的內容，你就會瞭解中國文化的精隨。

5. 柳歸舜鸚鵡國奇遇

在隋朝開皇二十年的時候，吳興人柳歸舜從江南到達巴陵（又叫巴丘，今湖南岳陽市）。大風把他吹到君山（又叫洞庭山，是洞庭湖中的山）山下。就繫舟登岸。走一條小徑，不知不覺已走了四、五里路了。心情正好，就越過溪澗間的石頭，穿越而過。忽然道路旁有一顆大石頭，又圓又大，像一個腹大口小的瓦盎。外表是圓的，底是平的，高約百餘尺。

這顆大石，周圍有六、七畝大。最外圍全是翠竹。但石上有樹葉搖曳著白雲，神秘陰沉的映著天。有清風輕輕地吹著，就像有絲竹的音樂一般。大石的中央又生出一顆樹。又高有一百尺。樹枝掩映有五種顏色。清翠的葉子，像盤子一樣大。花的直徑有一尺寬，顏色深綠，花蕊為深紅色，奇異的香氣像煙一樣迷漫著，碰著物體就黏上去。

有數千隻鸚鵡飛翔在這個大石形成的園區內。牠們有紅色的鳥嘴，翠綠的毛色，尾巴長道二至三尺，很長。

這些鸚鵡會相互呼叫彼此的姓氏或名字。聲音意思都清楚明白。有名叫『武遊郎』的，有名叫『阿蘇兒』的，有名叫『武仙郎』的人，有名叫『自在先生』的，有名叫『踏蓮露』的，有名叫『鳳花台』的，有名叫『戴蟬兒』的，有名叫『多花子』的，有一個歌唱者說：『這一曲是漢武帝時鉤弋夫人所常唱的歌。歌詞是『戴蟬兒，分明傳與君王語。建章殿裏未得歸，朱箔金缸雙鳳舞。』名叫阿蘇兒的說：『我憶阿嬌深宮落淚，唱說：『以前請司馬相如為她做『長門賦』，白白花費了百金，君王始終不眷顧。』

又有人誦讀司馬相如大人的賦的人說：『我初學做賦的時候，為趙昭儀被抽七寶釵橫鞭，打得我痛徹心扉。今天誦讀起來，還是值得成為我終身的一個技藝。』名叫『武遊郎』的人說：『我以前去見漢武帝，乘坐暗色的車輦、金色的舟揖，在翠池上泛舟。吹著紫玉笛，音韻高揚暢快。漢武帝也心情歡樂舒適。李夫人也隨之高歌。歌的內容是：『憐我粗陋卑賤，承奉皇上恩德私愛，願我的國君，萬壽無疆。』

又有名叫『武仙郎』的人，向歸舜說：『你貴姓？排行第幾？』歸舜說：『我姓柳排行第十二。』又問：『柳十二你從哪裡來的？』歸舜說：『我要去巴陵，中途遭遇風災泊舟於此。一時興起走到這裡來了。』武仙郎說：『柳十二官，偶然一個遭遇風災，得以到此奇異境地這就是說『因生病返兒變美麗了。』然而下官我是鳥類，不能幫不熟的人類做事。就幫你轉達給桂家三十娘子。』於是他就遙遙呼叫說：『阿春，這裡有客人。』隨即有紫色雲彩數片，自西南方飛過來。離地一丈多，雲氣慢慢散掉。就看見樓閣有綠色的簾幕，重重的欄干，飛簷屋脊。周圍有一圈石頭圍繞。有一個十三、四歲的青衣女使自門內出來，身上穿的是珍珠玉翠綴滿的衣服，長得很美。她對歸舜說：『三十娘子叫阿春轉告你：我們的居處很僻遠，煩勞你來此察看，不知早上有沒有吃早飯？請你略微稍坐，我會準備蔬菜饌食。』隨即有捧著水晶床出來的。歸舜再三謙讓才坐下。阿春教訓『鳳花台』，為何不看客人的性質？

『三十娘子因為黃郎不在，所以不敢接待你。你若是一般等閒之輩，就會像以前一次受到棰打。』有一隻鸚鵡馬上飛過來說：『我叫鳳花台，最近有一篇詩，你能聽懂嗎？』歸舜說：『這是我平生所好，實在合我的願望。』鳳花台就說：『我昨天走過蓬萊玉樓，所以有一章詩說：『露接朝陽生，海波翻水晶。玉樓瞰寥廓，天地相照明。此時下棲止，投跡依舊楹。顧余復何忝，日侍群仙行。』

詩意是說：朝露在朝陽升起時出現，海波翻騰像水晶一般美麗。從玉樓眺望一片遼闊寂靜的景象。天和地面相互輝映。這時要飛下去找一個棲息的地方，仍然會依舊習慣停留在常停的門楹上。想想我終日在做何事呢？其實是每天在侍奉群仙的事啊！

歸舜說：『這首詩實在美麗！足下你的老師是何人呀？』

鳳花台說：『我在王丹旁邊，有一千多歲了。教我道家真籙的老師是杜蘭香。東方朔教受我秘訣。漢武帝求中大夫，讓我在石渠署見了楊雄、王褒等很會寫賦、頌的人，所以知曉箴論。在王莽之亂發生後，才能返回吳地。然後為朱然所得到了，又轉給了陸遜（三國時吳將），又看了陸機、陸雲（二人皆陸遜之孫，文章冠世）所寫的書，才開始學做詩。陸機、陸雲被殺後，我便到此地了。不知道現在誰是一等的宗匠大師？』

歸舜說：『現在是薛道衡、江總也為一代大師。』他誦讀這二人的幾篇文章給他聽。

鳳花台說：『近代的作品，並非不華麗。但缺少骨氣！』

忽然阿春捧著紅色玉盤，有各種珍饈食物，有些都不認識，甜香撲鼻。吃完食物，忽然有兩個道士自天空飛了下來。看見歸舜說：『太難得了！』就與鸚鵡對話了。

道士又對歸舜說：『你不是柳十二嗎？你的船被風吹到此，找你找得急，為何不快快回去？』於是給了歸舜一尺絲布，說：『用這個遮著眼睛，馬上就回去了。』歸舜聽從他的話，忽然覺得身體像飛起來一般，又突然墜落巴陵他的船停的地方。船上的人欲發船了，問他：『哪兒去了？』才知道歸舜已失蹤三日了。後來又再次到此處停舟尋訪，無法再見到那些景象了。（出《續玄怪錄》）

編者註：

1. 真籙：一種籙是指戒籙，即道教所謂登真籙，即奉道人的名冊；另一種是指記錄天神的名冊。據《雲笈七籤》卷四十五《明正一籙第三》說：

   籙者，太上神真之靈文，九天眾聖之秘言，將以檢劾三界官屬，御運元元，統握群品，鑒騭罪福，考明功過善惡輕重，記於簡籍，……

2. 杜蘭香：漢時人，仙女名，《墉城集仙錄》中有記載。
3. 東方朔：東方朔（前154年—前93年），字曼倩，平原郡（今山東省惠民縣）人，西漢辭賦家。

4. 石渠署：唐人詩文中常用以喻指秘書省、集賢殿書院。

5. 楊雄：字子雲，漢代哲學家、文學家。

6. 王褒：字子淵，蜀資中（今四川資陽）人。漢代辭賦家。

7. 朱然：三國時 吳國名將。

8. 陸遜：是三國時代吳國著名的軍事家、政治家。掌管國事，輔佐太子等。歷任吳國大都督、上大將軍、丞相。63歲去世，追謚昭侯。

9. 陸機、陸雲：西晉政治家、文學家，吳丞相陸遜之孫，吳大司馬陸抗之子，與其弟陸雲合稱「二陸」。陸機歷任晉朝著作郎、祭酒、參軍等職。

10. 薛道衡：河東人，歷仕北齊、北周、隋朝，隋煬帝時被處決。唐朝時，追贈薛道衡為上開府臨河縣開國公。

11. 江總：南朝陳大臣、詩人。所作詩篇深受梁武帝賞識，官至太常卿。陳宣帝太建二年（570年）其好友歐陽紇兵敗被殺之後，江總收養了歐陽紇之子歐陽詢，教其書法、經史。後來成為文章大家。

6. 元藏幾翻船滄洲

一個不求聞達的有識之士，名叫元藏幾的人。他自稱為後魏清河孝王之孫。在隋煬帝的時後，做到奉信郎的官。在大業九年時，要過海去當判官。但中途風浪很大，把船打壞了。當時為夜裡，四下都是黑霧迷漫，同船的人都遇難了。而元藏幾抓住一塊破木，負載著他，浮浮沉沉漂流著。經過大約十天或半個月，忽然到達一個洲島的地方。洲島的人問他從何處來的？他就把船遇風浪的事說了一遍。洲人告訴他：『這裡是滄洲，已離中國有數萬里之遠了。』就拿出有菖蒲花和桃花酒來給他喝。頓時讓他感到神清氣爽。

這個滄洲島周圍大約有一千里。花木茂盛，常像二月春天所開的一樣。土地能種出五穀糧食，人很長壽不死。此地會出產鳳凰、孔雀、靈牛、神馬之類的。更會生產出分蒂瓜，有二尺長，顏色如桑葚。一顆瓜上有二個蒂頭。又有碧綠的棗子，紅色的栗子，都像梨一樣大。這裡洲上的人都穿『縫掖衣』（古代儒者所穿的大袖單衣）。頭戴漢代諸王常代的『遠遊冠』。跟他們談中國的事情，彷彿很多事情都像在眼前剛發生過。

他們的居處有的是金色和銀色的樓台，碧玉樓台、紫紅的樓閣。演奏簫曲、韶音之樂曲。飲用香純的酒。洲島上有看很久都看不完的山。山下有澄清的泉水。此泉水寬一百步，也稱做流動的渠水。雖然從上方投入金子或石頭，都始終不會沉沒。所以洲上的人都以瓦製的、或鐵製的船舫。

還有一個金池，方圓十數里，池中的石頭、泥砂都是金色的。池中還有四足魚。現今刑部盧員外去找資料說：『金義嶺有池塘像盆一樣，其中有魚都是四足。』又有金蓮花，洲人將之研磨如泥，來彩繪物品。會光輝燦爛，像真金的一樣。但不能被火燒而已。

更有金莖花，像蝴蝶一般。每當微風吹來，則搖蕩不已，好像要飛起來一般。女子婦人都採摘做為首飾。並且說：『不戴金莖花，不得在仙家。』

此處更用強木造船，船上裝飾珍珠玉翠，以此為遊戲。所謂『強木』，是一種不沉於水之木。只有一尺長，重有八百斤。用巨石來搥它，也不會沉沒。

元藏幾滯留此地有一段時間了，忽然很想念中國家鄉。洲人就製作『凌風舸』

來送他。激流像箭一般，沒十幾天就到達『東萊』的地方。問當地人是哪一國？原來是唐朝的皇帝。詢問其年號為何？是『貞元』的年號。去找他的鄉里鄰居，都是荒蕪雜叢。追尋其子孫，隔很多代也關係殊遠了。從隋朝的大業元年，到唐代唐太宗貞觀元年末，已經有二百年了。

有二隻鳥，大概是黃鸝鳥之類的，常飛翔在空中，藏幾呼喚牠，就飛至。或讓牠啣珠子，或讓牠學人說話，所以稱牠為『轉言鳥』。出產於滄洲地方的。藏幾工詩書，愛喝酒，混跡俗世，無拘無束，十幾年間，遊遍大江南北，沒有人知道他的行蹤。

有一個叫趙歸真的人，常與藏幾的弟子，也是九華山的道士叫葉通微的人相遇，想要知道藏幾這人的真實性，歸真將藏幾的顯形秘法上奏給皇帝。上面就命令下屬去緊急徵召元藏幾。元藏幾在半路上突然不見了。皇帝的下屬從官很害怕，隨即上書告知皇帝。皇帝看了洛文嗟嘆說：『我是個不明智的皇帝啊！居然把命令下給奇異的仙人。』之後也有人看見元藏幾泛小舟在海上，到現在為止，長江以南的道家，仍在流傳此人的事蹟。(出《杜陽編》)

7. 文廣通追豬入桃源

有一個叫文廣通的人，是辰溪縣滕村人士。

在『武陵記』中說：『文廣通在南朝劉宋皇帝元嘉二十六年的時候，看見有野豬在吃他種的菜類植物，就舉起弓弩射中了豬。豬流血而逃。尋著血跡，走過十餘里的路，進入一個洞穴中。走了三百多步路，豁然開朗，進入另一個境地。忽然看見有數百戶家人居住，不知是什麼地方？他看見自己所射中的豬，已進入村人的豬圈中。忽然有一老頭出來說：『難道你不是射我豬的人嗎？』

文廣通說：『是那豬先來侵犯我，並不是我先侵犯豬的。』

老頭說：『牽著牛踩別人的田地，相信是有罪的。然而搶奪別人牛隻的人，其罪又更重。』文廣通拜首道歉了。

老頭說：『有過失而知道改正，就無過失了。此豬有前緣之故，應該有此報應。你不必道歉。』老頭又請文廣通到正廳上，有十幾個書生，都戴著『章甫之冠』（讀書人的帽子），穿大袖單衣的儒服。有一位博士（老師），獨自坐在一個榻上，面朝南邊。在談『老子』。另一邊西齋，有十個人相對。有一個彈弦琴的人，音樂很協調。

還有小童在斟酒，招呼客人入座。一面談文酒酣，身心暢快。最後該告辭了。看此地的人、事、物，和外面的世界沒有不同，但是只覺得很清靜高尚、孤獨遼遠，算是一個勝地。就徘徊不走，想留下住著。老頭卻叫一個小孩送他。

文廣通就問何故不能留住？老頭回答說：『那些讀書賢人是躲避夏桀之難來這裡的。因為學道升仙了。在榻上座談『老子』的人，是以前的何上公。我是漢朝時山陽王輔的後嗣。到這裡請問『老子』的內容意義。我自己親自上門來請教，已經十紀（一紀為十二年），才蒙何上公的召令進見，能夠成為門人。至今還未領受到重要的訣竅。所以只被命令為守門的人。』

老頭送文廣通到洞口時慇慇道別。說是相見無期。文通在洞口處，看見自己所用的弓弩已經腐朽斷裂。起初以為進洞只是片刻一下，已經過去十二年了。文廣通的家人已經都為他出喪完畢，又聽說他回來，整個村莊的人都驚訝疑惑。第二日，他與村人一起尋找洞口，只看見有一巨石塞住，用燒的、鑿的都打不開。

（出自《神仙感遇傳》）

8. 劉法師蓮花峰遇仙

在唐朝貞觀時期，華陰縣雲台觀有一個劉法師。常練氣不吃飯。已經二十年了。每當三元（上元、中元、下元節）就會設齋祭，就會看見一個人。此人穿儒者大袖單衣，面色黧黑清瘦。來了就坐在末座位置。齋祭完畢就離去了。如此這樣過了十餘年。而那人的衣服顏色也不會變舊。法師奇怪的問他，回說：『我姓張，名字叫公弼。住在蓮花峰東邊。法師若喜歡那邊無人清靜之地，可以同往。』公弼神情怡然的告訴他：『這裡非常快樂。法師若能同去，也不會覺得悶。』法師就隨公弼走了。

經過三十或四十里路，還攀爬葛蘿等植物，才有小徑。又有險峻的崖谷，像猿猴、黑尾猴都不一定能過得去。而公弼卻走得像平地一般順暢。法師隨著他走，也沒難處。

接著到一石壁前，石壁像刀削成的，筆直的有千餘丈高。下面臨著無底的山谷。又有寬數寸的小徑。法師和公弼側足而站。公弼以手指敲石壁。其中有人問：

『是誰啊？』回說『我』，就裂開一道門。門中有另一番天地。公弼要進去，法師亦隨著進去。裡邊的人很生氣的對公弼說：『為何帶外人來？』那人關了門，又成為石壁。公弼說：『這個人不是別人，是雲台觀的劉法師。跟我認識很久了。所以請他來。為何這麼深深拒絕呢？』又開了門，讓公弼及法師進去。公弼說：『法師來這裡很餓了，你可拿豐富的食物給他。』那人就問法師會住下嗎？法師說：『以後吧！』那人又取了一盂水，從手肘後的青色囊中用刀刮了圭粉和在水中給法師喝，味道甘甜香潤。飲用過後，饑餓的感覺全都沒有了。

公弼說：『我昨天在雲山中很快樂。你何不表演一下給法師看？』那人就將水含在口中，噴吐到東谷中。馬上就有蒼龍和白象各一隻出現。而且相對跳舞，舞蹈很美妙。又有雄的鳳和美麗的鸞鳥各一隻，相對歌唱，歌聲清脆嘹亮。過了一會兒，公弼就送法師回去。法師一直回頭看，只見青色的崖谷深壑，剛才的歌舞都一下子不見了。等到快到觀中時，公弼就辭別了。法師回到觀中，處理事完畢。又回去找公弼。那條路非常驚險多阻礙，也無法找到台階。法師很後悔之前不留住那裡，哭天搶地的，就生了腰疼的病。公弼更是不再來了。

（出《續玄怪錄》）

9. 馬周仙官遇袁天綱

馬周這個人是華山素靈宮的仙官。唐朝要建立時，太上老君命他下凡去輔佐國事。但他沉緬於酒，好酒貪杯。就在人間風塵中打滾二十年。住在旅店，貧困氣餒。所想做的事處處受阻礙。常磕磕絆絆的。他聽聞袁天綱從四川蜀地到秦地（唐朝開國之地），而且通善相術。就去拜見他，來決定人生的吉凶。

袁天綱看了他很久說：『這個人臉上的神彩都散掉了，早晚就要成為屍體了，有什麼要看啊？』

馬周大驚失色，請問有什麼法術可除凶。袁天綱說：『可以從此地向東直走，會有一騎牛的老頭，不能強迫他說話。只隨著他走，此災可解除了。』馬周照其話而走了，還沒出都門，果然有一老頭正騎牛出城，就默默隨其後，繞著村莊小徑而走。登上一個大山，馬周隨他走上山頂。老頭回頭看見他，下了牛，坐在樹下，就對他說：『太上老君命你輔佐聖孫，來創造基業，拯救世人。為何你總是昏昏沉沉的醉在酒精中，自己找尋貧困、饑餓。你的靈神已散了，正氣也凋謝了。旦夕就會死，而不自省？』馬周還是懵然聽不懂。老頭說：『你本是素靈宮的仙官，是現今太華山的仙王叫人召喚你來。』隨即帶他進入天上宮闕，走過重重宮門，到大殿前，有森嚴的羽林軍衛，像皇帝住的地方。走到簾前，有宣詔的人責備他。以他接受命令不恭敬，頹廢所委託的事，發還舊的署所，讓他自責反省錯誤。

老頭與隨從數人，將他送到東邊廂房外的別院中。這裡室內輝宏美麗。看見門上有其姓名『馬周』在，打開鑰匙進入。有爐火鼎器（食具）、床榻涼蓆，就像他所住的地方。慢慢思考一下，還是不能了悟。

忽然有五個人，穿金木水火土五方之色的衣服，很高大奇偉，站立他的面前說：『我們都是先生你的五臟之神，先生你醉酒流蕩，讓濁酒循環全身，我們很久都想回歸這裡了，但閉眼，將回復於人靈魂的神室去。』

馬周將死瞑目之日快到了，忽然覺得心智通透了悟起來，並回憶往事。二十多年前，像是有十天之間，回復到上鎖的住處。走出仙王之天庭，拜首謝罪。再回稟願意接受命令，來長安晉見。次日還要晉見袁天綱。

袁天綱驚訝說：『你遇到什麼？已經有病了，你以六十日當一日，九次升遷，在百日內就做到丞相，應當勉勵自愛。』於是在貞觀年中，各種敕文、武官及各種外國上貢等國策之事，都是馬周所貢獻的。並且出人意表的好。一天，官拜拾遺監察御史裏行，並且多次居於大任，登上宰相中書令很多年。一天，群仙降臨其屋室內，說：『輔佐國事功勞完成，可以退位了。太乙下了徵召你的命令，不會再留於此了。』第二天，他無疾而逝。被謚曰『忠公』。他所做之功業，匡扶國政，宣揚等級履歷的制度，唐史都有傳記，這裡就不說了。（出《神仙拾遺》）

10. 道士槐壇預言李林甫

唐朝時的右丞相李林甫，在二十歲時，還未讀書。住在東都（洛陽），喜歡打獵遊玩及蹴鞠（踢足球），騎馬奔馳，放鷹逐狗。常在城門下槐壇下面，騎驢射擊，幾乎沒有停止的日子。有時疲憊了就不騎驢，而是以兩手撐在地上歇息一下。

一天，有一個非常醜陋的道士，看見李林甫蹲在地上，慢慢的說：『這有什麼樂趣？讓郎君你這麼喜歡呢？』李林甫不高興的回說：『關足下何事？』道士走了。第二天道士又重複說。李林甫自幼聰明得很，而且頓悟得早，感覺是遇到奇異的能人了。於是拉起衣服來謝罪。道士說：『你雖善於此運動，倘若萬一有顛倒墜落的狀況，就後悔莫及了。』李林甫就從此開始謹慎修德，不再瘋玩了。道士笑著說：『與你約定三日後的五更時間，在此相會。』李說：『好。』時間到了就前往。道士已先到了，說：『約了為何晚到？』李林甫向他道歉。道士說：

『再三日後再來。』李林甫夜半就去了，等很久道士才到。很高興，就融洽的談笑，並且說：『我在世間五百年，只看見你一人，已列在神仙的籍位。會在白天時升天。如果不願意，也可做二十年宰相，手握重權。你先回去，深思熟慮一下，再隔三日的五更來，再相會於此，來告訴我。』李林甫心中來回計算著：我是宗室人員，少年豪俠，做二十年宰相，手操重權，怎可以在白天升天呢？』心中有了決定。時間到了就前往告知道士。道士嘆息，忍不住罵他說：『五百年來才看到一個能昇仙的人，可惜！可惜！』李林甫一聽說又後悔了，想回復去昇仙。道士說：『不可以，神明已知曉了。』就與他道別說：『你有二十年宰相命，手握生殺大權，可威震天下，然而要小心！為了積陰德，不能做陰暗的賊盜之事。要多救天下人及提拔人才。不能冤枉殺人。如此的話，可在三百年後，能白日昇天為仙了。官祿已經到了，可以進京去了。』李林甫趴在地上一面哭一面拜別道士。道士握著他的手殷殷道別。

那時，李林甫的堂叔在朝為庫部郎中，在京城中，李林甫就去覲見。他的堂叔只記得他的放縱遊蕩，其他就不記得了。看到他頗為驚訝，說：『你怎麼到此地的呀？』李林甫說：『我知道以前我有很多過失！今天來等候覲見，我想改變自己來讀書，願意接受鞭策。』庫部堂叔非常驚訝！還是沒讓他讀書。每當有賓客時，叫他管杯盤之物。沒有不整潔的。或對他說：『你為我做某事。』雖然雪深蓋過腳踝，也是會去做。庫部堂叔愈發憐他、對他好了。常在官吏班行之間，說話有份量。很多人都知道，從那以後就很照顧他。李林甫繼續做官到贊善大夫，不出十年，就為宰相了。他為人有很深沉的的計謀與巧妙的技巧。又能看上面的旨意，與皇帝的互動很融洽。能獨自擔當大事的軸心，及平衡眾人的情緒。大家都敬畏他的權位。已不是下等臣子了。又過了數年，他又為了鞏固自己的權力地位，大起興獄。開始誅殺異己。很多人冤枉的相繼死掉。

這時李林甫的門口，有要來請求謁見的人，一定會望而卻步了，也不敢乘馬經過。

忽然有一天，剛剛中午，有人敲門。有個小吏正驚嚇得等候，只見有一個道士非常枯瘦如柴，他說：『請幫我報知相公，我想求見。』聽到的門房喝斥他並趕出門外。小吏又被鞭打綑縛送回官府了。道士微笑著離去。第二天中午又來了。門房乘李林府的公事中間而稟奏。李林甫說：『我不記得認識此人了，你試著去溝通一下。』等道士進入室內，李林甫看見他，突然驚醒有所了悟。槐壇所看見的事，讓李林甫極為慚愧心悸，不知所措。卻想二十年中的事，今天已晚了。當初承蒙道士的教導勸戒，也曾經暫時的做了一些時候的好事。但此時他心中很急，就對道士一拜。道士笑盈盈的對他說：『相公你好嗎？當時對你的提醒，好像你並沒有做相同的事，請相公你多做陰德之事，今天枉殺這些人，上天非常明白，會受到可怕的譴責與謫罪，如何呢？』李林甫只是磕頭如搗蒜而已。

道士留下宿一晚，李林甫屏退僕人使喚，在中堂中，他和道士各睡一榻。道士只吃了一點茶和蔬果，沒吃飯食。到深夜時分，李林甫說：『以前奉行你所教的言行道理，尚且有昇天的契機。今天還可以恢復嗎？』

道士說：『要隨著相公你所行的事，是不合正道的，更還推責，又三百年，變六百年，就如約定了。』

李林甫說：『我在人間的年數要滿了，既然得到罪過譴責，以後會怎麼樣呢？』道士說：『想要知道嗎？也可一起走去看。』李林甫下榻拜謝。

道士說：『相公你要安神靜慮，所有的想法都要遣散消失。就像變成一顆枯樹一樣，就可具備條件了。』

過了很長一段時間，李林甫說：『我都沒有思慮與想法了。』道士就招呼他說：『可以一起去了。』李林甫不知不覺隨著道士走了。

沿途中，大門和春明門全自己打開。李林甫拉著道士的衣角而走。漸漸走了十餘里，李林甫不善行走，非常勞苦困頓。道士也心裡知曉說：『想要歇一下嗎？』就與李林甫一同坐在路邊。停留了一會兒，道士給李林甫一根數節竹，說：『可以乘坐這個，到地方為止，不能睜開眼睛。』李林甫就跨上數節竹，騰空飛上天了。只覺得身體在大海上泛舟，聽見風和水的聲音。一頓飯的工夫，看見一個很大的城邑，有數百個武士，在城門口列隊。道士來到，卻相迎磕頭，也拜李林甫。

又走了一里路，到了一間衙門府署。又進了門，又有甲士，上台階到大殿，有美麗華奢的臥榻、帳幃。李林甫累了，就想睡臥帳榻中。道士嚇一跳，馬上把他牽起來說：『不可呀！恐怕不能回復原狀。這是相公死後要睡的地方。』李林甫說：『果真如此，我也沒什麼好生氣的了。』道士笑著說：『會生癬鱗等的病症，也會有很多苦事。』說完就與李林甫出了大門。又給他竹杖，就像來的時候一樣回去了。

剛回宅中，進入屋內，李林甫看見自己的身體閉眼坐在床上。道士叫喚他：『相公！相公！』李林甫就醒了。涕泗縱橫，對道士道謝拜首。

第二日過去，李林甫用錢財送給道士，他都不收。只揮揮手說：『勉旃，六百年後才能再見你。』就出門而去，不知所蹤。

後面的事情就陸續發生了。先是安祿山養了一幫道士、術士，常常跟他們說：『我對天子都不會感到懼怕。只有看到李林甫時會害怕，就像會無地自容一樣。這不知是為什麼？』

術士說：『李林甫有五百個陰兵。每個都有銅頭鐵額。並且常在他左右護衛。為何會如此呢？我不知道，只看得見而已。』

安祿山乃奏請宰相李林甫設宴在自己的宅第。就密招一個術士躲在簾後偷窺李林甫。宴席完，術士說：『真奇怪呀！我剛看李林甫相公時，有一個穿青色衣服的小童子，捧著一個香爐進去了。周圍的侍衛和銅頭鐵額的陰兵之類的人，都穿過屋壁，越過牆去，跑過去，跑過來的。我也不知是何原故？應當是仙官暫時謫貶在人間吧！』（出《逸史》）

11. 陰隱客穿井入仙地

唐朝神龍元年，房州竹山縣的百姓叫陰隱客的，家裡很富有。在其莊子後面打井打了二年。已經一千餘尺了，也沒水。陰隱客還是不放棄，還是繼續鑿井。過了二年後的一個多月，打井的工人突然聽到地下傳來雞犬鳥雀的聲音。又鑿了數尺，這井通到旁邊一個石洞。工人就入洞穴中探視。起初走十幾步沒看見什麼。但扶著牆壁側身而行，突然轉到有日光的地方。繼續走下去，這個洞穴下連著一個山峰。工人就下山去，站正了而仰視。則是另一個天地明朗的世界。

這座山依傍著另外依些萬仞高山，千岩萬壑，簡直像仙境。石頭都是碧玉琉璃色的。每一座岩山深壑中，都有金色、銀色的宮闕。有一種大樹，樹身像竹子一樣有一節一節的，它的葉子像巴蕉葉。又有像盤子一樣大的紫花和五色的蛺蝶。其翅膀大如扇子，在花間飛舞。有大如鶴的五色鳥，在樹梢翱翔。每塊山岩中，都有一眼清泉，水色清明如鏡子一般。又有一眼白泉，水色如乳水一樣白。工人慢慢走下去到宮闕所在。

想進入屋室內去詢問一下。等走到宮闕前，看見宮闕上的牌子寫著銀色的字『天桂山宮』。門兩旁的門房中各有一人驚惶的跑出來。每個人都高五呎多（大約150公分）。臉色是潔白如玉的童子容顏。所穿的衣服，質地是又輕又細，像白霧或綠煙一般。紅唇皓齒，鬚髮都是黑青色，很年青的樣子。頭上戴著金冠，但光著腳。他們對工人說：『你們怎麼胡亂到此地？』工人就把開井之事具陳。還沒說完，門中又有數十人跑出來說：『難怪有昏濁之氣！』就責備守門的人。二人惶恐的說：『有外界的工人，出乎意外地來到。要詢問路的走法。所以沒上奏。』一會兒，有一個穿紅衣的人傳來敕令說：『敕令門吏有禮貌的遣走他們。』工人拜謝還沒完，門人說：『你們已到此地，何不請求遊覽一下再回去呢？』工人說：『我們不敢，如果能讓我們從容不迫地去遊覽，還乞求給個方便。』門人就用一付玉簡通報上官。隨即玉簡退出，由門人拿著。門人引導工人走到一個清泉眼，叫他們洗浴及清洗衣服。又帶他們到白泉眼前，叫他們盥洗漱口。白泉的味道像牛乳，很好喝。用手掬泉，連著飲好幾捧泉水。每個人像是醉了，也飽了。接著門人把工人帶下山，每到一個宮闕，只能在門外觀看，不許入內。如此經過半天時間，到了山腳下，有一個像國又像城的地方。全是金銀玉砌的宮室城樓，並以玉鑲嵌題名為『梯仙國』。

工人問：『這個國家是怎樣的？』門人說了：『這裡是群仙剛剛昇仙的人，要先送到此國來，修行七十萬日以後，才能上到諸天，或到玉京、蓬萊、崑閬、姑射等地。然後才能得到仙宮的職位。看是主符籙，或是主權印。然後才能自由自在的飛行。』

工人說：『既然是仙國，為何在我國的下面地界？』門人說：『我們這國是下界的上仙國。你們國的上面，還有另一個我國的仙國，也稱為『梯仙國』，沒有不一樣的。』說完，跟工人說：『你可回去了。』隨即上山，又循舊路，又令他們飲白泉數掬捧。走到山頂找到穴口，門人說：『你們來此地雖像一刻鐘的時間，但人間已是數十年了，要找舊的洞穴，應該找不到了。等我奏請拿到通天關的鑰匙，送你們回去。』工人拜謝。一會兒，門人帶著金印和玉簡來了，又指引工人走另條路上去。

走到一大門，這裡有雄偉氣勢的樓閣。門口有好幾人趴在地上等候。門人出示金印，宣讀玉簡，門『嘩』的一聲開了。門人帶工人上去，才進門，就有風雲擁簇而上，他們就離去了。所以絲毫沒看見什麼。只聽到門人說：『好好走！為我向赤城貞伯致意問好。』

一會兒，雲霧開了，自己已在房州北面三十里的孤星山頂的洞中。出來後，打探陰隱客家時，當時的人說：『已經過了三、四世了。（一世三十年）。』開井之原由，不得而知。

工人又自己尋找去仙境的路。只見一個巨大的坑洞，是開井崩了所形成的。這時已是貞元七年了。工人找家人，不知去哪裡了。自那以後陰隱客不喜歡人間，就不吃五穀雜糧，隨處走動。數年後，有人在劍閣雞冠山旁碰到他。以後也不知所蹤。（出《博異志》）

12. 王可交奇遇登道

有一個叫王可交的人，是蘇州崑山人。以自己耕種釣魚為業。他住在松江南趙屯村。已經三十多歲了。沒有人知道他是有真道的人。他常常抓到大魚，喜歡用槌子來擊殺大魚，再煮。並且搗蒜和韭菜和之來吃。常常說：沒有是比這樣更快樂的！

一天，他划著漁舟，剛剛敲打船槳，唱著歌進入江中。走了數里，忽然看見一個畫著五彩花舫，在中流飄流。有七個年少道士，穿戴玉冠霞帔，服色都不一樣。又有侍從十餘個人，是小使的髮樣。又有四個穿黃衣的人，同乘船舫。有一個人呼叫：『可交』的姓名。他才驚訝的醒過來。不知不覺漁舟已靠近畫舫的旁邊了。一道士叫一個總角小道童帶可交上畫舫。

看見有七個人前面，各有青玉盤子、酒器和果子，全都晶瑩有光的透徹。可交認不得。又有十餘人的女樂伎，帶著樂器。可交站在筵席末，向所有人拜首打招呼。

七個人一起看可交。一人說：『好骨相，能當仙。但生在凡間賤業，眉頭間已被火炙刺破了。』一人說：『給他酒吃。』侍者倒酒，而樽中的酒再三都倒不出來。侍者具實以告道士。

道士說：『酒是靈物，必須入口，才能換其骨。倒不出來，這是他的命了。』一人又說：『給他栗子吃。』突然有一人在筵席上拿出二顆栗子。侍者交予可交，要他當即吃下。看這栗子，是青赤色，又紅又綠，皮光如棗子，有二吋長，咬下去有皮，不是人間的栗子，肉是脆而甜的。吃很久才吃完。

一人說：『王可交看過了，可叫他回去了。』有一黃衣侍者送他上岸。在船邊找尋他所乘的漁舟已不見了。黃衣侍者說：『不必划漁舟，你閉上眼就會到了。』於是閉眼，像是耳邊有風聲、水聲、林木浩浩蕩蕩之聲。命令他睜開眼睛，已經到了。黃衣侍者也不見了。但看見重疊的峰巒，有參天的松柏，他坐在草地的石上，隨即看到有門樓，有人出入。一會兒，有樵夫、採集者和僧人十多人走來。

問可交是何人？可交將前事與他們講了。

又問他何日離的家？可交說：『今日早上離的家。』又問：『今日是何日？』為答是三月三日。樵夫和僧人都驚訝不已的說：『今日是九月九日。』離開三月三日已有半年多了。

可交問此地是何地？僧人：『此地是天臺山瀑布寺前面。』又問此地去華亭縣多遠？僧人說：『水陸路有千餘里遠。』可交自己驚訝不已。就被僧人邀同回寺去，給他吃食。可交只說飽，不喜歡聞到食物味道，只飲水而已。眾僧人審問他，非常驚異，就狀告唐興縣，並且以此事上達台州。

越州廉使王渢素來信奉道教，就召見王可交。以為這是非常不尋常的事。神仙能有不可測的變化。

可交身高七呎多，儀表相貌很特殊。言語清晰爽直。王渢嘆息說：『這真是仙人呀！』又以和可交同姓，更加敬佩他。給他穿道服，並派人到蘇州，以查王可交事跡的真實性。

鄉里都說三月三日，王可交乘漁舟進入江中沒回來。家人尋找到漁舟，就說王可交墜江死了，怎麼也找不到痕跡。他的妻子以招魂儀式把他葬了。

王渢就上表自己所看到的，詔令也說非常奇異。

之後王可交回到故鄉，把所遇之經歷，歷歷重述。交予鄉人到江上，指證所遇花舫之處依然存在。

可交吃栗子之後，已經不吃穀飯了。就像神仙相助一樣，也不耕種釣漁了，乃帶妻子去四明山。二十多年後，又再出來明州賣藥。叫人去賣酒，賺了錢就施捨給別人。當時說：他的藥是壺公所傳授，酒則是餘杭阿母所傳授的。世間的藥及酒都不及他。一般的道家俗人常畫他的圖像膜拜。有患瘧疾和受邪魅的人，把他的圖像放在身旁就會痊癒。之後又三十年，他又進入四明山，不再出山。（出《續神仙傳》）

13. 楊通幽幫唐玄宗尋訪楊貴妃

楊通幽的本名是『什伍』。是廣漢什邡人士。幼年時遇道一個道士，教他用檄文徵召（檄召）之術。接受三皇天文，可驅役命令鬼神，沒有不立即應驗的。驅逐毒蟲瘴癘。剪斷邪惡氛圍。祈求水災旱災的平安，呼風喚雨，都是其才能之一。但是他為人性格木訥，不愛講話，行為疎散、傲慢，不拘小節，不同於流俗。其道術的變化、奇異，遠近馳名。

唐玄宗到蜀地（四川），自馬嵬坡之變以後，非常想念楊貴妃。常常食不下嚥，也忘記睡覺。近侍的太監，受到密令去求訪方士，為了希望稍稍緩解皇帝的思慮之情。有人說：『楊什伍有檄召之法術。』於是下令把他徵召到行宮的朝廷中來。

皇帝問他是否能找到楊貴妃？回答說：『在天上或在地下，在冥冥之中，在鬼神之列，都可親眼找到。』

皇帝大大高興，於是在宮內佈置法場，來行使法術。這天晚上奏說：『已經在九地之下，在鬼神當中，遍加搜查訪問，但不知道在哪裡？』皇上說：『妃子應該不會墜入鬼神之列啊！』又二日的夜裡，又上奏說：『在九天之上，以及星辰日月等星曜之間，在虛空的境界，杳冥的境地之界域，也都找了一遍，而不知在哪裡？』皇帝沉默不悅說：『沒死沒歸天，又會怎樣？香蠟冥燭都準備了，又非常誠懇的祈禱都做了。』又過了三日的夜裡，又回奏說：『在人間之列，山川岳嶺、祠廟之內，在十洲三島江海之間去找，也不知在哪裡？之後要在東海之山、蓬萊的山頂，南宮的西邊廂房，有群仙居住的地方，上元女仙中，叫太真的人，就是貴妃。』

楊貴妃跟什伍說：『我這個太上的侍女，隸屬上元宮。聖上是太陽朱宮真人，偶然以昔日的緣分下至人間，而有世世掛念。這個願望很深重。聖上降居人世，我受罪謫於人間，做為你的侍衛呀！此後的一紀（一紀十二年），一定會相見。希望聖上好好保重龍體，不要再想念我了。』於是取來開元中皇帝所賜的金釵鈿合各一半，玉龜一個，當作信件寄給皇上。說：『聖上看見這個，就會清醒記起往事了。』說完流淚而道別。什伍以這些物品進獻給皇帝。唐玄宗潸然淚下很久，才說：『法師你升天入地，通過幽冥，是真的得道的神仙之人呀！』故皇帝親手寫了『通幽』賜名給他。又賞賜了千匹絲緞，金銀各一千兩，良田五千畝，紫霞帔、白玉簡，特別加以禮遇。

皇帝在閒暇的日子問什伍所受的道術。楊什伍說：『臣的老師是西城王君，叫青城真人。昔日在後城山中，教人道術中的召令魂魄之術。說：『可以輔佐太平國君。之後才能得到飛昇成仙之道。』告誡他以護住真氣得稀世之話語，眼睛不能亂看，杜絕聲色利益，遠離塵世囂氣就可以凌駕三界，登上太清了。』

皇帝又問：『昇天入地，由那一個門而走去？有什麼阻礙？』回說：『真正得道的人，進入火界不會熱。進入水界中不會濡濕。走在虛空中如履平地。接觸真實卻像走在虛空中。雖然大地很厚實，大海很廣闊，地上有八個極位方向很遙遠。世界上有幾萬尺方之遼闊。應該倏忽一念（突然間一個念頭），有什麼可以被拘束滯殆的呢？因此知道，形象與道教相合，道術無所不在，有如毫芒一樣細。在很多萬物之中『道』的道理都存在其中。』

唐玄宗很喜歡與其對話。住了數年，楊什伍去登後城山，在山頂建茅草房的靜室，有時還回家看看。他的門房僕人說：天上真人降臨靜室，一日，他與群仙一起走了。（出《仙傳拾遺》）

14. 孫思邈答盧照鄰問

孫思邈是雍州華原人。七歲就學讀書。每日誦讀千餘句。弱冠二十歲時，就很會講解老莊及百家的學說了，也喜歡解釋典籍。

洛州總管獨孤信看見他而嘆息說：『這是個聖童。但他是器量大見識小，難堪大用。』

後周宣帝時孫思邈因王室多變故，就隱居太白山。在隋文帝時，其輔政徵召孫思邈為國子博士。他稱有病不去上任。常常跟自己親近的人說：『再過五十年，應當有聖人會出現，我才會助他來濟世救人。』

到唐太宗即位，徵召孫思邈去京師詣見。皇上嗟嘆說孫的儀容太平常。就說：『我一向知道有道的人必須尊重，羨門、廣成這樣古代的神仙人物一定會有，豈不是空話了。』太宗要授給他爵位，他堅辭不受。唐顯慶四年，唐高宗召見他，請他做諫議大夫，又堅持不接受。上元元年，稱病請辭回家。皇帝特別賜他良馬及鄱陽公主的邑所給他住。當時的名士，如宋之問、孟詵、盧照鄰等，都以師弟之禮待他。孫思邈常隨御駕一起去九成宮。

有一天，盧照鄰病了，留在家裡。當時庭前有大梨樹，詔鄰為大梨樹寫賦。其序說：『癸酉年，我臥病長安光德坊的官舍。』戶僕說：『這是鄱陽公主的邑所。以前公主未嫁就死了，所以邑所荒廢了。當時有處士（有才學而隱居不做官的人）孫思邈，學貫古今，精於數術算命，高談闊論，像古時的老子、莊子都深入知曉，像佛教的維摩詰菩薩一樣。至於推步人的甲乙數術，內容深淺，則像洛下閎、安期先生之輩。他（孫思邈）自己說：『我是開皇辛酉年生的。已九十三歲了。』向鄉里查問，都說他已數百歲了。又可以說後周後齊之間的事，彷如歷歷在目，親眼所見。以此來參照的話，不是已百歲的人了。然而他視力與聽力都很好，神彩正盛，可稱為古之聰明博達、長壽不死的人。』

當時盧照鄰有盛名，但卻生了重病。嘆息人天生身體的稟賦與領受不同，有很多明裡、暗裡的特殊病症而不知道。所以他問孫思邈說：『名醫替人治病療疾，其真理內容是什麼？』

回答說：『我聽聞：善於講『天生』的人，必本質在於人自己。善於講『人』

的人，必然本質於『天生』。『天』有四時春夏秋冬，及五行金木水火土。寒暑會交替更換。這就是轉運。和氣的成為雨。發怒的成為風。凝結的成為霜或雪，噴張出去，成為虹蜺（彩虹）。這是天地的常道。人有四肢和五臟，睡一覺一寐，用呼吸和吐納，來循環呼吸。流體入身體去營養照顧護衛胃部，彰顯出人的氣色。口出氣會發出聲音，這是人的常態。屬陽的用其精華，屬陰的用其形體。這是天上仙人和平常人一樣的地方。要是失去平衡，悶蒸的天氣會生熱病，否則會生寒病。聚集起來會成為疣瘤等贅物。凹陷下去會成為膿包、爛疽的病灶。奔跑會喘氣。體內精力枯竭會身體焦枯。診病會從臉面上發出。形體也會有變動。用此種道理推測到天地大自然，也是如此的。所以五種緯度的漲縮，星辰明亮與位置度數的變化，沒有規律，日月倒行，彗星和孛星（帶災厄的彗星）隨便流動飛舞，這是天地的危險病症了。冬天和夏天的時間不對應，這是天地會悶熱受烤與否的狀況，是天地間生癰疽的膿包。狂風暴雨的現象，是天地間在喘息困乏。雨下得不及時，河川水源會涸旱枯竭。這是天地要焦枯的象徵。良醫會用藥石來疏導病情。用針劑來救人的性命。聖人用道德來平衡百姓的情緒，輔佐政治事務。所以人的身體有能使病症痊癒的方法。天地也有可消除災難的方法。』

又說：『人要膽子欲大，而心要欲小（小心謹慎），智慧要圓滑，行為要方正。『詩』中說：『如臨深淵，如履薄冰。』這是講『要小心呀！』雄赳赳的武夫能打仗，成為公僕，保衛城池，這稱為『大膽』。『不被損失利益而後悔，不被失義而內疚。』這是行為方正的作為。『見機而作，不俟終日。』（看見時機而出手，不等帶徘徊一整天。）這是智之圓（圓滑又圓滿的智慧）。這些內容是我們要學的。如此的聰穎才智，就是真正的道術了。很多道理說不完，無法都記下。』

起初魏徵等人受詔修齊、梁、周、隋等五代史，害怕有遺漏的，屢次來訪問孫思邈。用口說的傳授，彷彿如親眼所見。東台侍郎孫處約。是其第五個兒子。

※五代：五代（907年—960年）與十國（891年—979年）的合稱，也指唐朝滅亡到宋朝建立之間的歷史時期。

15. 尹君成道・被害不死

唐代故尚書李公詵，在鎮北門時，有道士尹君，隱居在晉山。不食五穀。常吃栢葉。雖滿頭白髮，但面容像小孩一般。常常獨自在城市中遊玩。鄉里中有老人為八十多歲的人，就常對人說：『我小孩時常看見李翁。李翁是我的外祖父。』並且說：『我七歲時，就已認識尹君了。至今七十餘年。但尹君容貌跟以前一樣，難道得道成神仙了嗎？我很老了，自己想能有幾年好活？你正當年壯，應當向尹君的年青容貌學習。』所以至今，他是七十多歲了。而尹君根本沒有老的樣子。這不是以千百年為瞬息之間嗎？

北門從事馮翊嚴公綬非常好奇。仰慕尹君之得道，每當旬日休假，就上門請見。之後嚴公升官道北門帥，就迎尹君到府庭，在公署中設館，每日和尹君同席。他的肌膚中常發出異香。嚴公更佩服他了。

嚴公有女弟子學佛，常說：『佛教與黃老道教固然不一樣。』並且不高興她的兄弟與道士同遊。第二天，她密秘用堇斟毒藥放於湯中，叫尹君飲下。尹君既然喝了，受驚的跳起來說：『我要死了嗎？』一下子從口中吐出一個很堅硬的東西，有異香發自其中，嚴公叫人剖開看，是真正麝的臍。從此開始，尹君的面貌快速衰弱，牙齒墜落。那一晚就死在館內。

嚴公既然知道是女弟子所做的，非常憤怒。命令部將為尹君治喪。第三天，就把尹君葬在汾水西二十里的地方。

第二年秋天，有一個照聖觀的道士朱太虛，因到晉山去參加投龍儀式（道教齋醮儀式中重要活動程序），忽然遇到尹君在山中。太虛嚇到而問他：『仙師為何在此地呢？』

尹君笑著說：『我去年在北門，有人以堇斟毒藥給我喝，我就死給他看。然而堇斟毒藥怎麼能打敗我的真身呢？』說畢，忽然不見了。太虛私下覺得奇怪。回去後，他向嚴公全部都說了。

嚴公說：『我聽聞仙人能不死。若有會死的人，會屍解（屍體溶化），不然又有什麼變異是這樣的呢？』就命人打開尹君的墓來驗。最後考慮會迷惑人，就廢止開墓了。

16. 羅公遠和唐明皇

羅公遠，本來是鄂州人士。刺史設春宴，整個郡的人都來觀看。有一個穿著白衣有一丈多高的人，相貌非常奇怪，也隨著群眾而來了，門口守衛都正感到奇怪著，突然有一個小童從旁邊走過，就喝斥他說：『你何故離開本處，可能會有可怕的官司嚇到！還不快回去！』那人就牽起衣角而走了。

門吏就抓了小童到宴會的地方。小童對刺史全部表白了。

刺史問他姓名。回說：『姓羅，名公遠，自幼喜好道術。剛才看見守江龍上岸看熱鬧，所以我命牠回去。』刺史不信，說：『必須讓我親眼看牠的本來形狀。』回答說：『請等後日。』

到了時間，在水濱有一小坑，才一尺深。離岸一丈多遠。引水入坑。刺史與同郡的人一起看。一會兒，有白色的魚，長五、六寸，隨波流而來。魚在水中翻騰跳躍愈來愈大。從坑坎中有一線青煙升起。不一會兒，天空都是黑氣，一尺多都看不見。公遠說：『可以上津亭了。』還沒到，電光閃耀，大雨如瀉洪一般，一下子就穩定了。此時看見一條大白龍在江心，龍頭與雲彩連接著。一頓飯的工夫才消失。

當時唐玄宗愛好仙術。刺史就上表陳述此事。當時玄宗與張果和葉法在下棋。二人看了就大笑說：『村童的事如何解釋？』於是就各握十幾枚碁子在掌中。問說：『這裡有什麼？』回說：『空手。』打開張果和葉法的手，都沒有東西。碁子卻在公遠處。這時大家才驚訝詫異。

唐玄宗令張果和葉法坐著，有劍南剛進獻的水果，名字叫『日熟子』。張果與葉法用道術來取。每天過了中午必會到。這一天，到了夜裡，二人都沒來。眾人相顧而語說：『莫不是羅君阻擋的？』

當時天寒圍爐，公遠笑了一下。在火中炭枝動了一下，法術就解除了。張葉的使者就到了。葉法詰問使者：『為什麼沒來又晚到？』使者：『本來要到京城，但遇到焰火滿天，無路可過。等到剛才火熄了，才能跨過來。』從此眾人都對公遠敬服了。

開元時期中，中秋節時，玄宗在宮中賞月。羅公遠奏說：『陛下要不要到月宮中看看？』就取了拄杖，向空中擲扔去，立即化為一座銀色的大橋。並請玄宗一起登橋。大約走了數十里路，眼前光華奪目，但寒冷的空氣逼人。就到大城闕的地方。公遠說：『這是月宮。』看見數個仙女，都穿長長的衣服、素色的紗練，在廣闊的庭院跳舞。玄宗問：『這是什麼曲子？』答說：『霓裳羽衣曲。』玄宗暗暗記下其聲調。就返回了。

回頭看這橋，隨走一步，橋就滅了一段。之後，召伶官依其聲調作『霓裳羽衣曲』。

那時，武惠妃特別信金剛三藏。唐玄宗臨幸功德院，忽然背癢。羅公遠就折了竹枝，變作七寶如意來敬獻。

玄宗很高興，所以對三藏說：『上人你能變這個嗎？』三藏說：『這是幻化的，我為陛下取真的東西。』就從袖子中取出七寶如意來進獻。羅公遠所進獻的七寶如意，頓時變成竹枝了。

唐玄宗臨幸東洛，有武惠妃同行。在上陽宮麟趾殿，剛要修理殿閣。其庭有大方樑數丈長，直的有六、七尺。當時有羅公遠、葉法尊師、金剛三藏，都在玄宗旁做侍從。

唐玄宗對葉尊說，『我感覺有些閒悶，你可以試試變個小戲法來逗樂一下嗎？

尊師能為我舉此方木嗎？』葉法尊師受詔作法。方木一頭揭高數尺高，而一頭抬不起來。

玄宗說：『尊師的神力，為何失效了呢？』葉尊師說：『三藏便是金剛善神。眾人壓一頭，故舉不起來。』當時玄宗信奉道教，武惠妃信佛。武惠妃頗為高興，三藏也暗地歡欣。只有羅公遠低頭微微不好意思。玄宗對三藏說：『尊師神咒有功，葉尊師不能及。可為我念咒法把葉法善送入澡瓶中嗎？』

三藏接受詔令，佈置瓶子。叫葉法善在蒲團上打坐。就開始念『大佛頂真言』。未念完，葉法的身體就一點點的就瓶，沒念經三，二遍，葉就慢慢升至瓶嘴。經念完，葉法尊就進入瓶中。

唐玄宗不悦了，很久才對三藏說：『大師的功力，應該很自在輕鬆。既然使他進去了，可否使他出來呢？』三藏說：『這是我僧人的本法。』隨即念咒。誦讀『大佛頂真言』數遍，葉法尊都不出來。玄宗說：『朕的法師今天被三藏所咒沒了，以後都見不到了！』武惠妃大驚失色。三藏也非常懼怕。

玄宗對公遠說：『要怎麼辦呢？快點想辦法讓法善回來呀！』

公遠笑說：『法善在不遠處。』

等了很久，高力士奏說：『葉尊師來了。』

玄宗大驚說：『銅瓶在此，你從何處來的？』帶葉法尊進來問。

葉法尊說：『寧王邀臣吃飯，我正在面奏，皇上您不放人，臣剛剛在寧王府吃完才來。不是因為這個咒語，我怎麼能去呢？』

玄宗大笑。武惠妃和三藏都道賀葉法師平安。

接著，玄宗叫葉法善設法籙。於是取三藏金襴袈裟褶疊。用盆蓋上。葉法尊一步步的走，牙齒上下互叩。繞盆三圈說：『太上老君攝去。』盆下袈裟的金線，顏色都被抽走了，成為一團模糊。三藏說：『可惜呀！我的金襴，毀壞如此！』

玄宗說：『可以回復嗎？』葉法說：『可以！』又重複念咒。咒曰：『太上老君返回原狀！』打開盆來，袈裟如舊依然完好。

葉法尊又取三藏缽，把缽稍得通紅，手捧著要蓋在三藏頭上。三藏嚇得大叫而逃。玄宗大笑。公遠說：『陛下以此為樂，但這是道術的最末等地法術。葉法師何必逞強呢？』

玄宗說：『那你能不為朕作一法術，也使朕歡心啊？』

公遠說：『請問三藏的法術如何？』

三藏說：『貧道懇請嚴加收藏袈裟。請羅公來取。取不到則羅公輸。取到則僧輸。』於是就在道場院中來作法。三藏擺壇焚香。自己在壇上跏趺而坐來作法。把袈裟藏在銀盒中，又加數層木函，每層都有封鎖，放在壇上。玄宗與武惠妃、葉公，都看見其中有一重菩薩。外面有一重金甲神人。並且最外面有一重金剛圍繞著。可以說裡裡外外環繞守衛非常嚴秘。三藏用眼睛親自看守，眼睛一刻也捨不得離開。

羅公遠坐在繩床上談天自若。玄宗與葉公都看著。等了幾頓飯的時間，玄宗說：『為何這麼遲遲沒動靜？做不成嗎？』公遠說：『臣在鬥力。怎麼敢自己誇耀才能。陛下可叫三藏開啟盒子觀看吧！』

隨即下令開函取袈裟。雖然封盒子的鑰匙都完好。中間已空了。

玄宗大笑。公遠奏說：『請叫人在臣的院內，令弟子開櫃取來。』隨即叫中使去取。一會兒，袈裟到了。玄宗問他如何辦到的。

公遠說：『菩薩、力士是中等聖賢。甲兵及諸神是道術中最小的。都可受上界指令。至於太上星君至真的道行，並不是我們一般術士所能知曉的。剛才請玉清神仙女去取的。菩薩和金剛看不見她很順利的取得，沒什麼阻礙。』玄宗大高與。賞賜無數。而葉公和三藏都服氣了。

那時玄宗也想學隱遁之術。羅公遠回奏說：『陛下是玉書金格的貴體，已經被記載於九清了，您已經是真人降下化成的，保衛國家，安頓百姓。實在可學習唐虞堯舜的無為而作。繼續文景之治的節儉節約。雖有寶劍而不必使用。雖擁有名馬，而不必騎乘。怎麼可以身為萬乘之尊，有四海之貴，承宗廟之重擔，擁有社稷之大，而輕意學小的道術。為遊戲玩耍之事呢？如果要學我的道術，必定是懷著玉璽入人家（宵小之輩），受困於穿粗劣的衣服（窮困的人）。』

玄宗生氣的罵他。羅公遠就走入一排殿柱中。他又數落玄宗的過失。玄宗更生氣了。他躲到另一根柱子也被打破。接著又躲到玉碣（柱子下面的基石）中，又換了碣（音細），破了的碎片有數十片。每片都有公遠的影子。玄宗道歉了。仍像以前一樣。

唐玄宗又堅持要學隱身術，強迫羅公遠要教，因此就教他了。然而玄宗把身體託隱，常有不完善的地方。或是露出衣角裾帶，或是露出身影跡象。玄宗一怒就下令斬了羅公遠。

過了數年，中使輔仙玉，奉令出使進入蜀地。看見羅公遠在黑水道中。披著雲霞圖案的和尚帔服，拄著杖慢慢走。輔仙玉立刻策馬追上去。常常就差十餘步，就是追不上。輔仙玉就大聲呼叫：『天師在雲水間很快意，怎不念我們是內殿相識的人呢？』羅公遠才停下站在那裡回顧他。輔仙玉下馬拜謁完，一起走了數里路。官道旁臨著長溪。旁邊有巨石，兩個人坐在石上。羅公遠對輔仙玉說：『我在林泉棲息，專門修真道。自從咸和年入蜀，到各山訪名師，很久隱晦名字與足跡了。聽說天子愛好道教，崇尚玄術，就捨棄煙霞豪放曠日的樂趣，甘冒塵世腥羶的路程，混在雞鶩的群隊裡，來偷窺蜉蝣虫子的境界。若不以為厭倦的，是因為有可貴的真道。以此臣俯教於我們的皇帝。聖上延請我到別殿，都是要索取靈藥。我告訴他，人間人的腑臟，已經充積著葷血之物，三田未虛空（指丹田的上中下三田），六種氣不潔淨（六氣，即風、寒、暑、濕、燥、火六種氣），請等他日再教他。以十年為限，不能守此約定戒律，砍我的頭顱有什麼可怕的呢？然而得道之人，與道氣混合，怎麼可以用世俗的兵刃水火來殺害我呀？還是感念皇帝主上已列丹華仙籍，有玉京交往相契之舊識，親身感念，有眷眷之情。不能消失。』接著從袖中取出信一緘，跟仙玉說：『可以跟皇上說，說我姓維，名厶遠。靜真先生弟子。皇上必悟出。』說罷就走了。

仙玉還京師後，以羅公遠的事和所代寄的信稟奏皇上。

玄宗看信，迷惘著不悅。仙玉出殿。羅公遠已到了，立即引去謁見。玄宗說：『先生為何改姓名呀？』羅回答說：『陛下以前砍去臣的頭，因此改了姓名。羅自去頭，維字也。公字去頭，厶字也，遠字去頭，遠字也。』玄宗低頭承認過失，請對方原諒。公遠欣然答應說：『一切都是遊戲呀！得神仙之道的人，有劫運之災。到了極陽上九之天數，天地都淪落毀壞了，還是不能傷害，何況兵刃之累的物件，那能害到神仙呢？』

另一天，玄宗又以要得到長生為理由，要羅公遠幫他。羅回答說：『曾經有過經驗啦！我的命是我的！別人搶不走。每個人應當向內求自己，才能從外面得到。刳出心肝，消滅智慧，用草做衣服，食用木頭，並不是至尊的你所能做到的。我將以三峰歌八首進獻給你。其中大概的旨要乃是玄素黃赤等藥物使用法，及返老還童之事。』玄宗遵照其法，做了一整年，而精神飄逸氣很旺，年歲愈高，精力仍不疲憊。一年多後，羅公遠走了，不知去哪裡。天寶末年，玄宗臨幸蜀地，羅公遠又在劍門奉迎鑾輅，守衛到成都，又再離開。等到玄宗自蜀地返回京師，才悟出蜀當歸之信。（出《神仙感遇傳》）

17. 僕僕先生教丹術．縣名改仙居

僕僕先生，自稱姓僕名僕，不知是從哪裡來的。住在光州樂安縣黃土山，有三十多年了。穿衣飲食和一般人一樣，賣藥維生。

開元三年時（唐玄宗時），無棣縣的前縣令王滔住在黃山下，僕僕先生過去看他。王滔命王弁守衛（弁為低階武官）做主人。並對王弁很好。僕僕先生就傳授王弁做杏丹之術。

那時，王弁的舅舅吳明珪在做光州別駕的官。王弁就住在吳明珪家。不久，僕僕先生乘雲而至。百姓和官吏數萬人都看到了。王弁就仰著頭說：『先生您教弁的丹術還未完成，怎麼就捨我而去呢？』當時先生乘雲而過，已經十五日過了，大家都覺得很驚愕。就告訴刺史李休光。李休光召吳明珪並詰問他：『你的外甥和妖怪做朋友，你應當管一下。』這個舅舅就叫王弁去召來僕僕先生。王弁回到舅舅的屋舍，僕僕先生也到了。就告訴他刺史說的話。僕僕先生說：『我們學道的人本來不想與做官的人相遇見面。』王弁說：『他若用禮相待，便把誤會化解。如果他妄動失去禮節，應當威嚇他。使他的心臣服於道術。這樣不好嗎？』先生說：『好。』僕僕先生就去休光府邸詣見他了。

休光蹲在那裡見僕僕先生，並且羞辱他說：『如果是神仙就應當走了。今天去而復返，就是妖怪。』僕僕先生說：『麻姑、蔡經、王芳平、孔申、二茅之輩，向我問道。我說未完，就停止了。並不是別的原因。』休光更生氣了，叱喝左右抓他。可是有龍虎在旁邊護衛，僕僕先生就乘雲而走了。離地一丈多高，黑雲從四面合攏，不一會兒，雷電大作，打碎庭院中槐樹十餘株。府舍房屋都震壞了。旁觀的人沒有不狂奔逃潰的。休光害怕的也逃走了。頭巾也掉了。小吏撿了頭巾，帶妻子逃出府去，搬走了。

休光將此事上奏皇帝。唐玄宗就下詔把樂安縣改名為仙居縣。把僕僕先生所居住的屋舍設置仙堂觀。以黃土村為仙堂村。縣尉嚴正誨護營來築村建造。讓王弁當觀主，做諫議大夫，號為通真先生。王弁因吃杏丹而不老，到大曆十四年，已六十六歲了，但樣子像四十多歲。筋骨力氣還很強健。

之後，有果州女子謝自然，在白日上昇、昇天。在謝自然學道時，頻頻有神仙降臨。有姓崔的人，也姓崔名崔。有姓杜的人，也說名杜。其他的姓也是一樣，都與僕僕先生姓名相類似。這可能是神仙降臨人間，不想用俗人的姓名來稱呼他的原故。

之後，有人在義陽郊外走動，天將黑了還沒到達前村，忽然看見路旁有草舍，前往投宿。室內只有一個老人，問客人要做什麼？客答說：『陰天白日很短，到此地天已昏黑，想求宿一夜。』老人說：『住宿不妨事，但沒吃的。』過了很久，客人饑餓難耐，老人給他藥丸數粒，吃了就飽了。天亮後就告辭了。

等他又返還回來，忽然看見老人乘五色彩雲，離地數十尺。客人便施禮，看著他遠去。

客人回到安陸，常向人說起此事。縣官認為他迷惑群眾。就抓他起來審問。客人說：『其實是看見神仙了！』然而無法幸免於罪。客人就向空中祝禱說：『仙公如何得見？今天我受到無預測的罪罰。』說完，有五色雲從北方飄來，老人坐在雲中，客人就被縣官釋放了。縣官再三禮拜。又問老人姓名。老人說：『僕僕是鄉野之人，有何姓名。』州司畫了圖畫上奏，敕令把草屋設立僕僕先生廟。今天還在。（出『異聞集』及《廣異記》）

18. 藍采和常醉踏歌

藍采和，不知是哪裡人。常常穿著破舊的藍衫，帶著上面有六塊黑木裝飾的腰帶。腰帶寬三寸多。他總是一隻腳穿靴子，一隻腳光著走路。夏天在衣衫內加棉絮（像棉襖）。冬天他就睡臥在雪地上，呼出的氣像蒸氣。常常在城市中一面唱歌，一面乞討。手拿著一付三尺多的大拍板，經常是酒醉而踏歌。許多老老少少跟在他後面看。他非常機智敏捷，常說些恢諧戲謔的話。有人問，他就應聲回答，大家都笑得東倒西歪。像是瘋狂，但也並沒瘋狂。一面走則踏著靴子拍打唱歌：『踏歌的藍采和，他的世界能做什麼？美麗的紅顏像一棵春樹茂盛。時光流年像丟梭子一樣快。古人模糊的一去不能返回，現今又紛紛擾擾更多。早上才騎鸞鳳到碧落黃泉（駕鳳西歸），晚上則看見蒼田起了變化起了白色波浪（蒼海桑田），長久明亮光輝的景象都是空的。金宮銀闕高低巍峨。』

他的歌詞非常多，都是充滿神仙意味的。一般人都不太能瞭解。若給他錢，他就用長繩穿起來拖在地上走。錢有時散落掉了，他也不回頭顧一下。有時看到窮人，就贈與給他。或到酒家買酒喝。

藍采和周遊天下。有人在他兒童時，或在他老時頭髮斑白的時候見過他，他的臉色和行狀都一樣。

之後，藍采和又踏歌在濠州、梁州之間的酒樓，乘著醉意，有雲鶴出現，笙蕭聲大作，忽然他升高站在雲中，丟下靴衫、腰帶和拍板，慢慢飄飛走，昇仙了。

（出《續神仙傳》）

19. 許宣年得道施桃

許宣年是新安郡歙縣人。在唐睿宗景雲年中，隱居於城陽山南鳴地方，結草庵來住。不知道他服啥藥丸，但不吃東西，外貌像四十多歲的人。走路像馬在跑，很快。有時會擔一些柴火去賣。擔子上常掛著一個花瓠蘆和一支彎曲的竹杖。當每次醉醺醺時，就拄杖回家。常一面走一面吟詩，意思是：『早上負薪去賣，黃昏時刻沽酒回來。路人別問我要回何處，穿入白雲的翠微處即是。』

一直以來有三十多年，許宣年曾在懸空危難時拯救人。也在人疾病困苦時救過人。城市中有很多人去看訪他，都不見。但是看見草庵的牆壁上有題詩說：『隱居三十載，石室南山巔。靜夜翫明月，明朝飲碧泉。樵人歌壟上。谷鳥戲巖前。樂矣不知老，都忘甲子年。』許多人喜歡詠他的詩。有時去長安，在驛路同華間傳舍在題詩。

天寶時期中，李白當了翰林，東遊洛陽經過傳舍，看見了此詩，嗟嘆說：『這是仙詩呀！』就詰問傳舍中人。知道是許宣平做的。李白於是遊歷新安郡，涉過溪，又登山，一定要探訪到他而沒遇到。就在其庵壁上題字說：『我吟傳舍詩，來訪真人居。煙嶺迷高跡，雲林隔太虛。窺庭但蕭索，倚柱空躊躇。應化遼天鶴。歸當千歲餘。』

這一年冬天，野火燒掉此草庵，不知宣平的蹤跡。

一百多年後，咸通七年。新安郡人許明奴家李有一老嫗（老婦）。常隨老伴入山採集樵木。在南山中看見一人獨自坐在石上，正在吃桃子。那桃非常大。他問老嫗說：『你是許明奴的家人呀！我是許明奴的祖先宣平。』老嫗說，常聽到宣平已經昇仙了。對方說：『你回去，幫我告訴明奴，說我在此山中。給你一個桃吃，不可帶出去。山中虎狼很多，山神很珍惜此桃。』老嫗就把桃子吃掉了。味道很美。一下子就吃光了。宣平就叫老嫗與樵夫回家去說。

明奴的家人非常奇怪。傳聞傳到郡人耳中。

之後，老嫗不再吃東西，而日日漸漸返回童顏。身體輕而非常健康。等到中和年以後，有兵荒馬亂相繼而來，住戶都不安。明奴家也搬家去避難。老嫗進入山中不回來。現在的人去採集樵木，可能有看見此老嫗的，穿著藤葉做的衣裳，行走像飛一樣快。追逐她就會飛昇到林木上面而走了。（出《續仙傳》）

20. 劉清真遇賊得僧救奇遇

唐朝天寶年間，有一個叫劉清真的人，與徒弟二十個人在壽州一起做茶。每個人用馬匹背馱一袋貨物。到陳留時遇到賊了。這時候有人指示去魏郡。又遇到一個老僧，又指示前往五台山。劉清真一行人害怕辛苦。五台寺又很遠，老僧就邀劉清真一行人返回自己的寺廟留宿。劉清真等人私下商議，懷疑老僧是文殊師利菩薩。就隨著老僧走了。走了數里路，才到寺廟。殿宇嚴肅乾淨，大家都心懷敬畏肅穆。老僧為大家說法。大開方便之門。劉清真等人一起發願要出家，全都追隨住持。如此積累二十餘年。

有一天，老僧突然對劉清真等人說：『有一個大魔出來了！你輩必定受其災患，要先防患呀！如不做，則會毀害人的法事。』就叫劉清真一行人長跪地上。老僧口中含水，把他們全都噴遍了。口中誦讀密法。把劉清真等人全都變成石頭。但他們心裡都很明白而不會移動。一煞那時間，代州吏卒數十個，要來搜捕犯人，到劉清真住的地方，只見荒草和石頭，就各自離去了。

那天晚上，老僧又用水噴劉清真等人，使他們又變成人。清真等人悟出他是神靈。知道遇到菩薩了，於是更努力道法精進。

過了一個多月，老僧說：『今天又有魔障起來了。一定會向你們大索求，要如何呢？我準備把你們送遠一點，你們要一起去嗎？』清真等人願意。

老僧叫他們全都閉目，訓戒說：『第一要不能偷看，失敗了就慘了。若覺得到了地上，就要打開眼睛。如果到山中，看見大樹，要一起庇護。樹會生出藥丸，可以吃下。』就各給一顆藥丸，說：『吃這個便不會再饑餓，但是要思維正道，這是脫離人世束縛的橋樑渡口（過渡的方法）。』言畢就施禮，禮畢就閉目，身體就冉冉上升，在虛空中。

大約半天時間，腳就到地上了。打開眼睛，看見一個大山林，有遇到樵夫，問他是何地？這裡是廬山。走了十多里路，看見大藤樹，周圍可有五、六人圍住。樹蔭擋住陽光。劉清真等人高興的說：『大師所說的奇樹，一定是此樹！』就各自坐在地上。數天後，樹長出白色菌類。有光澤還顏色鮮豔美麗，一直飄飄會動。眾人都相互說：『這就是大師所說的靈藥嗎？』採集下來一起分食了。其中有一個人騙大家，先都吃光了，徒弟們都很惱怒。責罵他說：『你違背我們大師所教誨的。』然而都已如此了，又不能毆打他。

過了一些時間，那人忽然不知自己的所在。大家仰視他時，他是在樹梢坐著。劉清真等人又說：『你因吞了藥，所以能升高。』其人竟無法下來。經過七天，那人全身長綠毛。忽然有鶴翱翔在他頭上，那人就對底下的十九人說：『我真是對不住你們！然而今天我已得道，就將捨棄你們，去天上謁見玉帝了。大家要各自勉勵，以成真道。』清真等邀請他下樹來道別。成仙的人不願意，就乘雲昇天，久久才失去蹤跡。清真等人失去藥丸，又各自分散回到人間。中山張倫，親自聽聞劉清真等說法。（出《廣異記》）

21. 蕭靜之食肉芝而長生

蘭陵郡的蕭靜之，考進士沒考上，性情喜好道教。能做書策、不食五穀，會練氣。在漳水之上游地方結草廬。住了十多年，容顏面貌枯瘦憔悴。牙齒頭髮都凋落了。一天看鏡子自照而生氣了就還居鄴下，跟著商市的人來求微末小利。但幾年後，錢財充裕了，就買地蓋房子。在其地上挖得一個物件。像人的手，非常肥潤。其顏色也微微的紅。就嘆息說：『這莫不是太歲神，將要作祟吧？』隨即烹煮來吃。味美，就吃光了。超過一個月的時間，他的牙齒頭髮又再生出來，身體力大強壯，樣貌變年輕了，而不知其原因。

蕭靜之偶然遊鄴都，剛好有一道士看見蕭靜之嚇一跳。說：『你的神氣如此，必定是吃了仙丹了！』為他診脈，又說：『你所吃的是肉芝。生於地下，像人的手，肥潤而紅。能吃到的人會長壽如烏龜或仙鶴一般。但應當在山林隱居，到時間就會昇天入道，不可混在臭濁的紅塵人間。』蕭靜之就聽了他的話，捨棄家園，去住在雲水之間了。之後不知如何。（出《神仙感遇傳》）

22. 採藥民見王璽得道

唐高宗顯慶年中，有蜀郡青城的百姓，不知姓名。常在青城山下採藥。遇到一個大藥薯。挖斫有數丈之深。這顆大藥薯其根漸漸變大，像甕一般拚命斫停止。漸漸深五、六丈，地也不停的陷落。到十丈多時，這個人就墜入坑中了，沒辦法爬出。仰視穴口，像星星一樣大。擔心必死了。

忽然旁邊又看到一個洞穴，就進入。稍大一些，慢慢匍匐前進，可走數十步。往前看，好像有亮光，繼續找尋而前行，有一里多遠。此洞穴慢慢變高。繞著洞穴走可有一里多大。就出了一個洞口。洞上有河水寬闊有數十步遠。岸上看見有數十家人的村落。有桑樹花草，風景和二、三月的風景一樣。那裡的男女所穿的衣服，不似唐朝人。

此人常碰到耕種的農夫，釣魚童子。有一個人驚奇的問此人從哪裡來的？就告訴他此事經過。村民把刀形的小船讓他乘渡，他告訴村民說：『已經三日不吃食了。』村民就給他胡麻飯、栢子湯、和很多好吃的給他吃。

停在此地數天，此人覺得身體漸漸變輕了。就問主人：此地是什麼地方？並問要知道返回蜀地的道路。村民笑著跟他說：『你們世人，不知道這裡是仙境嗎？你能到得此地，當是合於神仙身份的。可以暫且留在此地，我會引你去謁見玉皇大帝。』又在村民中有人呼叫說：『明日是上巳的日子，可以朝見上神了。』就將此人帶往去謁見。

這些仙民有些乘雲駕霧，有些乘駕龍或鶴。這個仙民也在雲中徒步行走。一會兒，到了一個城，全都是用金玉裝飾的，其中的宮闕，全都是黃金珍寶裝飾的。諸仙人都以階級次序進入謁見。只有留此人在宮門外。門旁邊有一隻大牛，紅色形狀很奇怪。閉著眼吐唾沫。主人命令此人禮拜這隻牛，向牛乞求仙道。如果牛吐出寶物，就快吞下。此人如言禮拜完，一會兒，此牛吐出一顆紅色的珠子。有一寸大的直徑。此人剛要捧接，忽然有一個紅衣童子給撿走了。此人再求牛吐物。又得到一顆青色珠子。又被青衣童子拿走了。又有黃色、白色珠子，都有黃衣童子和白衣童子奪走。此人就急得用手捧著牛嘴，一會兒，得到一顆黑珠。立刻自己吞下。黑衣童子到，沒有看見珠子就空著手走了。

主人又來引他去見玉皇大帝。

玉皇大帝坐在宮殿中，如同帝王的樣子。有侍者七人，戴冠配劍站列左右。有數百名玉女，殿庭中有侍衛。到處有奇花異果。其香氣不是世間所有的。玉皇就問此人，都具實回答。此人卻貪看左右的玉女。玉皇說：『你喜歡這些侍衛的美嗎？』此人俯地請罪。玉皇說：『你要努力勤勞去參透真道，自然會有此等侍衛，但你的修行未達到時，仍是須要去勤加學習的，不可輕易給你。』敕令左右，以玉盤盛了仙果。這果實是紅黑色的，大多如拳頭大，樣子像世間的蘋果一般，芳香無比。用以展示給他看。說：『隨便用你的手捧它，自此果紅黑色開始，到你以手捧它為止。』『隨便用你的手捧到，所得的數目，就是侍女的數目。』此人自己考量全部可得十餘個，就用手去捧了，可是只得三枚而已。玉皇說：『這是你的份量。』

剛到時沒有位次。並且叫前主人把此人帶往他處。敕令有三個女侍，另外給一屋居住。又令諸道侶引導他修行。此人就回到以前的住處，隨諸道侶一起傳授真經。一起服藥用氣，洗滌塵念。而三侍女也會教授他道術。

以後數次朝拜謁見，每次見玉皇，必會勉勵他，向他致意。這裡的草木常向三月中的一樣，沒有榮枯寒暑的變化。如果像人間一樣，可能已一年多了。此人自己覺得已成仙道。忽然在夜中嘆息。左右侍者問他，他說：『我今天雖得道，本來是偶爾來此地。來時妻子已產下一女，才經過數天。家裡窮，不知道妻女如何了？想去探省一下。』

玉女說：『你離世已很久了，妻子等應當已經亡故，怎麼還找得到！你的塵念未袪除，所以現在會亂想。』此人說：『到今天大概有一年了，妻子應當沒有病恙，要弄清楚此事。』玉女就告訴左右道友。諸道友一起嗟嘆。又回覆玉皇。玉皇就命令將他遣回。諸仙們在水上作歌飲酒吃食來歡送他。三位玉女也與他話別。各送給他黃金一鋌。說：『恐怕你回到人間，回去找卻找不到，以此為費用。』

其中一個女侍說：『你回去人間，倘若沒看見什麼，想回來，我有丹藥在金鋌中，取而吞下，就可以回來了。』小的侍女說：『恐怕你被塵世雜念侵擾，不再有仙氣，金子中有藥。恐不完固。我知道你家已無處可尋，只有屋舍東邊有一搗練石還在，我已將藥放在石下。如果金子中沒有了，用石下的藥服用也是可以的。』言畢。天際飛來一群鴻鵠。大家都對此人說：『你看見這些鳥了嗎？就隨牠們去吧！』眾人捧著此民把他舉高。此民也騰身躍上，便到鵠群中一起走了。鵠群也不會相互驚嚇擾亂，一起在空中飛。回頭看，還看見岸上的人揮手相送他。有一百多人哪！

接著飛到一城市，人很多，問是何地？乃是臨海縣。離開蜀地已很遠了。此人就賣掉金子做資費糧食，經過一年才到蜀地。當時是開元末年。打探其家，沒有人知道。有一個人年紀已幾十多歲了，說：『我祖父以前因採藥，不知去哪裡了。至今九十多年了。』此老人是此人的孫子。兩人抱著而哭泣。說：『姑叔父都已亡故了。那時所生的女兒，嫁人後也死了。其孫子也有五十多歲了。』

去尋找故居，都是瓦礫荒榛，只有一個舊的碪（石砧板）還在。此人就毀壞金子想拿藥將要吞下。忽然藥不見了。

又舉起石碪，得一玉盒，有金丹在裡面，隨即吞服。他心中明白，卻記不得去路。此民雖在仙洞得道，卻是個庸笨的人，卻沒詳問所在。當時羅天師（羅公遠）在蜀，看見此民說不清楚去處，就說：『是第五洞寶仙九室之天。玉皇即天皇。大牛乃是馱龍。所吐的珠子，紅色珠子吞下，會壽與天齊。青色珠子吞下，有五萬歲。黃色珠子吞下，有三萬歲。白色珠子吞下，有一萬歲。黑色珠子吞下，有五千歲。此民吞黑色珠子，雖學道不成，但在人世上也會有五千歲。玉皇前站立七人，是北斗七星。』

此民得藥，服後入山，不知所蹤。應該去歸洞天了。（出《原仙記》）

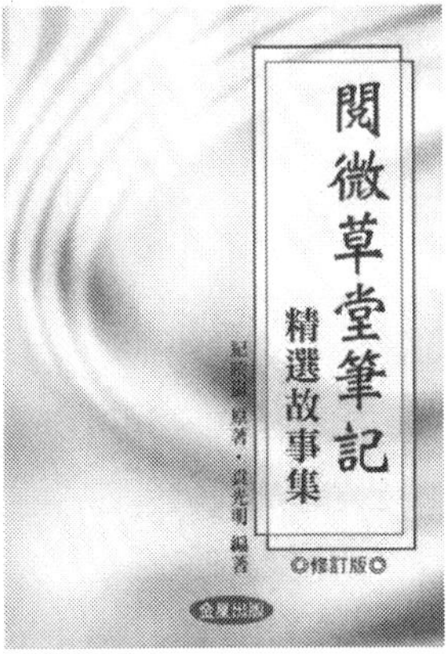

23. 元柳二公海島奇遇成道

唐憲宗時，元和初年，有名字叫元徹、柳實二人，居住在衡山。二人都有叔伯在浙江西部做官。受李庶人連累，竄躲到驩州、愛州去了。二人就一起帶了行李去看望他們。到了廉州合浦縣時，坐上船要過海，快要到交趾（越南），把船靠在合浦岸邊，夜裡有村人拜神，簫鼓喧嘩的很大聲。舟人和元柳二人與僕人、小吏一齊去看熱鬧。將到午夜，忽然有颶風吹起，使船纜斷裂，舟船漂走了，進入大海，不知如何是好。二人被颶風吹起，在海中翻滾，一下子像是沖上鯨魚的鰭上，一下子沖上巨鼇（海中大鱉）的背上。浪花像白雪般沉浮上下，如火輪般的太陽在海水中洶湧跳躍。彷彿觸動蛟龍的海底龍宮了。而突然像梭子般的停止。一會兒又像撞到了海市蜃樓，又突然瓦解消失了。二人的小舟連著數次的搖擺，幾乎要傾倒沉沒了。最後抵達一個孤島，而大風也停止了。

元柳二人上岸了，心情很愁悶的閒走散步。忽然看見一座山嶺上的小廟裡，有一尊天王尊像還光瑩的存在著，又有金爐香火，但卻別無他物。

二人環看周圍一下，忽然看見海面上有一個巨獸。伸出頭四面顧望。好像在探查聽動靜。獠牙像劍戟一樣利。眼睛閃出電光。很久才消失。

二人環繞看了一圈又看見有紫色的雲，從海面上湧出來。漫延到數百步。中間有一朵五色大芙蓉花，高一百多尺，每片葉子都綻放。花內有帳幄，像是有刺繡綺羅有錯綜複雜的花紋，很光耀奪目。又看見彩虹像橋一般展開，一直連接島上。忽然有雙鬟侍女捧著玉盒，手持金爐，從蓮葉走下來，而到了這個供奉天尊的小廟。把香灰倒掉，點了香，有非常香的香氣。二人見了，向前去扣頭見禮。用哀求的話語乞求返回人世。雙鬟是女不講話，兩人拜託了很久。

其中一個女侍說：『你們是何人？而突然到此？』二人具實說明。

女侍說：『等一下有玉虛尊師會降臨此島，與南溟大人在此相會。你們一定要堅定意志要回去，就會遂你們的願望。』說完，有一個道士乘著白鹿，駕馭彩霞降臨島上。元柳二人立刻跪拜又哭泣的，請求幫忙返回。

尊師憐憫他們說：『你們可隨此女侍去謁見南溟夫人，就會有歸期而無礙了。』尊師對雙鬟侍女說：『我暫時修煉真道完畢，他們可以晉見她。』

元柳二人願意受教，到帳前行禮拜謁見的大禮。看見一個未笄（未成年）的女孩，穿著五色花彩的衣服，肌膚如白玉凝脂一般，臉色紅光艷麗，精神澄明，氣度嚴肅大器。元柳二人告訴她姓名。夫人炫耀的說：『以前天台有劉晨，今日有柳實；昔日有阮肇，今日有元徹；昔日時有劉阮，今日有元柳；莫不是天意呀！』擺了二榻給他們坐。忽然尊師也來了。夫人拜迎，又還坐下。有好幾撥的仙娥，演奏笙簧，吹奏蕭笛的。旁邊列著跳鸞鳳的歌舞。很優雅的配合來演奏。二人感覺精神恍惚，好像在做夢。這是人世間很難聽到的音樂。

主人命有飛觴傳酒。忽然有玄鶴（黑鶴），銜著彩牋自空中而飛下說：『安期生知道尊師來赴南溟會相見，暫時請屈駕過去。』尊師讀了牋，跟玄鶴說：『按理應當過去。』尊師又跟夫人說：『與安期生離別了一千年，沒想到這次南遊，沒原由的卻可訪談了。』

夫人就催促侍女快點擺上食物菜餚。餐盤都是光潔的玉器。夫人和尊師一起吃飯。而元柳二人不能一起饗食。尊師說：『你二人雖沒有一起饗食，然而你們是為了求得人間能常饗美食而禮拜。』夫人說：『對！再次進饌，就是人間的美味了。』尊師吃完，從懷中取出紅色篆字寫的一卷文書，交給夫人。夫人禮拜而接受了。尊師回頭對元柳二人說：『你們有道骨，要回去也不難。既然會邂逅相遇我們，總會有靈藥相贈給你們。你們的命宿是各自有老師的，我不是你們的老師。』二子向尊師拜別，尊師就走了。

忽然海上有一個高數丈，穿金甲衣的武夫，持著劍而進來說：『奉使天真清道不守規矩，依法應當當眾殺戮，現在已行刑完畢。』就退下消失了。

夫人命令穿紫衣鳳冠的女侍說：『可以送客走了。要乘坐什麼走呢？』侍女說：『有百花橋可讓二人走。』二人感謝他們的招待而拜別。夫人贈給他們玉壺一支，有一尺多高，夫人又提玉壺詩相贈：『來從一葉舟中來，去向百花橋上去。若到人間扣玉壺。鴛鴦自解分明語。』

忽然有數百步的長橋，欄干上有奇異的花。二人在花間處窺看，有千條龍萬條蛇聚在一起交繞糾纏，為橋的柱子。又看見以前海上的巨獸，已身首異處，浮於海上波浪之中了。二人便問使者。使者說：『此獸因為不知道您二人的緣故，被斬殺。』

使者說：『我本來是不應當為使者來送你們的，因為有深意的奉託，所以要強行來送你們。』接著從衣服襟帶中解下一個琥珀盒子，中間有東西像蜘蛛形狀。

她跟二人說：『我們是水仙。水仙是陰神。沒有男子。我以前遇到番禺少年，有了感情而生了小孩，沒滿三年，就捨棄了。夫人命令與南嶽神為兒子，已經很久了。聽聞南岳回鴈峰的使者，有事到水府來。返回那天，拜託他帶著給我兒子的玉環去給他。但他隱瞞沒去。使我非常怨恨。希望二位君子拿著這個盒子到回鴈峰下，到訪使者的廟去投送。應當會有奇異的事發生。倘若得到玉環，可以送給我兒子。我的兒子也會有物品報答你們的。謹慎小心不要打開盒子！』二人接受使命，跟使者說：『夫人的詩說：「若到人間扣玉壺。鴛鴦自解分明語。」是何意？』回答說：『你們回去後有事，就扣敲玉壺。就會有鴛鴦回應你們，沒有不聽從的。』又說：『玉虛師尊說，吾輩自有師，老師又是誰？』回答說：『南岳太極先生。一定會遇到。』就與使者告別。虹橋一下子就走完了。接著就是以前合浦的繫舟之處。

回頭看，已沒有虹橋了。二人詢問當地人。時間已過了十二年了。驩州和愛州二地的親屬，已經殞落死亡了。又問要回衡山的道路。中途因氣餒而扣敲玉壺，就有鴛鴦說：『若想飲食，往前行自然遇到。』忽然道路左邊有饌食菜盤很豐盛的預備著，二人就吃了。接著數天都不想其他的味道。旋即到達家中。昔日的小童還都長大成人了。但是二人的妻子已離世三年了。家人見了他倆都又悲又喜，說：『人家說你們死亡淹沒在大海中，服喪已九個秋天了。』

二人不喜人世，身體以清虛為主。都見妻子喪亡，非常悲悽。就一起直接達到回鴈峰，去訪問使者廟，把盒子寄投廟中。

忽然有數丈黑龍，捲起激烈的風，噴著電光，折斷樹枝，揭開屋瓦。霹靂一聲，廟立刻裂碎了。二人感到戰慄害怕，不敢看清楚。空中就有扔擲玉環的人，二人取了玉環送去南岳廟。要回家時，有穿黃衣的少年，拿著兩個金盒子，分別到兩人的家中說：『郎君令我拿此還魂膏的藥，來報答二位君子。家裡有死人，雖死了一甲子（六十年）都能塗在頭頂而活過來。』接受還魂膏後，使者不見了。二人就用此還魂膏把妻子弄活，而後一起尋找有仙靈湖水的地方，共訪太極先生。而毫無影響，心悶就回去。

有一天他倆遇著大雪，看見一個老叟擔著樵木而賣柴火。二人哀嘆他體衰年邁，給老叟酒喝。卻看見樵夫的擔子上有『太極』二字。就禮拜他為師。並將玉壺的事告訴他。老叟說：『我貯藏玉液（酒），應有數十甲子了。很高興再見。』二人就隨他去拜祝融峰。自此而得到昇仙，不再看得到二人了。（出《續仙傳》）

24. 葉法善法術高明護玄宗

葉法善字道元。本是出自南陽葉邑人士。現今住在處州松陽縣。他們家四代都是修道之人。都以陰功密行和劾召之術來救濟人的危難。葉母劉氏，因白日睡覺，夢到吞入流星而受孕。歷經十五個月才生產。葉法善七歲時，在江中溺水，三年都沒有回家。父母問他為何沒回來？他說：『穿青衣的童子引誘我，飲用了雲漿。因此留在那裡一會兒。』又說青衣童子引他去朝見太上（老君），太上點頭留下他。當葉法善二十歲時，身高九尺，頭額上有二個『午』字的紋路（主長壽）。他的性情淳厚、和氣、潔白。不吃葷辛食物，茹素。常自己獨處安靜的房間，或在山林水澤之地遊玩，或是訪問雲山泉水。常自仙府回來，已經有驅使鬼神之術了。後來去住卯酉山。居處的門靠近山，有巨石擋著路。每次都要繞道環繞著走，以避開巨石。葉法善投出符籙起開石頭，符籙一下子飛出去，路就平坦了。眾人全都很驚訝！

葉法善常遊歷括蒼的白馬山。在石室中遇到三個神仙。都穿著錦繡的衣服，戴珠寶的冠冕。神仙對葉法善說：『我們奉太上的命令，以密旨來告訴你。你本是太極紫微左仙卿。因為校錄文書不勤勞，被謫貶至人世間。你應快去立功來救人。輔佐國家，功勳滿了，就能恢復神仙的舊職。以此改正一、三、五、之道法，命我授此命令給你。更要勤勞的幫助化解難題，好勉勵你！』言畢就走了。

葉法善就加強掃蕩精靈及妖怪，誅掃凶惡的妖術。他所經過的地方，都以救人為志向。葉法師的叔祖輩全都是能遂靖妖怪的才能，頗有神仙之術。在高宗時，入翰林院，為國子祭酒的官位。到武后監國時期，因首都南遷而終止。

起初，高宗徵召葉法善到京師。拜上卿，他不去。請求為道士。可以出入宮殿禁內。也想去告成縣的中岳嵩山。皇帝的扈從多生疾病，凡是有唸經咒語，生病的人都痊癒了。二個京師（長安與洛陽）都受到道籙福澤的人。文武官中外男女弟子有一千多人。他把所收到的金子帛絲等物，拿來修建宮觀。撫卹孤老貧幼。並不愛惜錢財。過了很久，就辭去職務，回到松陽。所經過的地方也是救人無數。

蜀地四川張尉的妻子，死了又再復活，又成為夫婦。葉法善看了說：『這是僵屍媚人的疾病呀！不快點斬除，張尉會死！』葉法善投符籙，僵屍之鬼就化為黑氣逃走了。

相國姚崇已死的女兒，是姚崇已最偏愛的。葉法善也投符籙將她治好了。錢瑭江常發生巨蜃（像大牡犡的海怪），時常害人，掉落舟船溺水。在旅途中辛苦。葉法師投符籙於江中，令使神仙去斬殺妖怪。去除妖害和奇怪的凶象，功勞非常大。名傳遐邇。葉法師並在四海及六合之地，各地名山仙洞，全都旅遊過。

葉法師在十五歲時，中了毒快死了。看見二個穿青衣的童子說：『天台苗君，會飛印相救。』於是獲救蘇醒。他又拜青城山的趙元陽為師，學習奇門遁甲。又有嵩陽韋善俊傳授他八史。他由前往東邊去蒙山，有神仙傳授仙書。拜謁嵩山，有神仙授劍術。葉法師又常涉過大河，好像突然沉沒波浪中，像已溺死了。過了七日又再次出來，衣衫鞋履都不濡濕。他說：『我只是暫時和河伯同遊蓬萊仙境而已。』

武則天徵召葉法師到神都（洛陽），請他到各名山去投放奠龍璧。中宗復位後，武三思還掌秉權力。葉法師頻頻偵查妖惡吉祥。要保護中宗相王與玄宗。因此被武三思所忌恨。葉法師就躲到南海去。廣州人民，久仰其道法之大名，往北去等候他。葉法師乘著白鹿，從海上而來，停在龍興新觀。遠近的道友都來謁拜敬禮。布施很豐厚。於是全都修建觀廟了。一年多後，又到洪州西山，精養神氣修養真道。

景龍四年辛亥三月九日，括蒼山的三個神仙又降臨了，傳來太上的命令：『你應該輔助我們的睿宗及開元聖帝，不能隱居山林，這樣會曠職太上的委任。』言畢而去。

當時二帝都還未立，但他們的廟號年號，神仙都先知曉了。那一年八月，果然有皇帝詔書徵葉法師入京師。之後平亂韋后，立相王睿宗，宗室的血脈承祚繼承血統。葉法師到上京，輔佐庇佑聖主。只要有吉凶的動靜，一定會預先上奏給皇帝。

在吐蕃遣使進寶函封會見時，使者說：『請陛下自己打開，不要讓他人知道機密。』朝廷上的官吏都默不吭聲，只有葉法師說：『這是凶的封函，請陛下不能打開。宜讓蕃使自己打開。』玄宗聽了葉法師的話，就叫蕃使自己打開。封函中有弓弩射出來。蕃使中箭死亡。果然如葉法師之言。一下子就授給他銀青光祿大夫、鴻臚卿、越國公、景龍觀主等的官位。

葉法師的祖父葉重，精於數術。會考召之術（能召神仙），有功於百姓江湖之間。謚號『有道先生』。他自己寫有傳記。葉法師的父親名為葉慧明。逝世後贈與歙州刺史。葉法師請求以松陽的宅第為觀。皇帝賜號為『淳和』，並賜有御製碑書額扁，以榮耀鄉里。

第二年正月二十七日，忽然有雲鶴數百隻，從北方列行飛來，飛翔聚集在故山，徘徊三日不去。有五色瑞雲，覆蓋在葉法師的觀居宅上。那一年庚申六月三日甲申日，宣告坐化於上都景龍觀。他的弟子既齊物、尹愔都親睹真仙下降之事，並謹守秘密而不說。二十一日，皇上下詔贈葉法師金紫光祿大夫越州都督。葉法師的春秋高壽，有一百零七歲。他所居住的宅院有奇異的芬香濃郁。仙樂繽紛，還有蠟蠋青煙直上天際，整整一整日才滅。葉法師先前已請返回故鄉安葬。道方勑度葉法師的侄子潤州司馬仲容為道士。與中使一起監護回鄉，葬於松陽。詔衢、婺、括三州助葬。發引日，敕官縞衣(喪服)相送於國門之外。

開元初，正月望夜（十五日左右）唐玄宗移駕到上陽宮去觀燈。尚方匠毛順心搭建了彩樓三十餘間，裝飾了黃金翠綠珠玉，間隔的插在其中。樓高一百五十尺，有微風觸動珠玉，就鏘然有聲，而成韻味。以花燈作為龍、鳳、螭、豹騰躍的形態，不像是人力所為。玄宗看了大為高興，催促召葉法師一起去樓下觀看。

沒有人知道。法師說：『花燈光影的盛大，固然是無比美麗，然而西涼府今夜的燈，也不亞於此處的燈。』玄宗說：『法師去遊過了嗎？』回說：『剛才自那裡來。便蒙皇上您的緊急召喚。』玄宗奇怪他所說的話。所以說：『現在想去看一下，能嗎？』回說：『這個太容易了！』於是要玄宗閉眼，約定說：『一定不能隨便看，如果誤看，一定會受到驚嚇！』就如他說的，閉著眼睛一跳，已跳在夜空霄瀚之上了。一下子腳已觸地。說：『可以看了！』可以看人影花燈，連綿數十里，車馬擁擠，士女紛紛，車水馬龍。玄宗說這熱鬧真的很久，就想回去。又閉眼騰空而上，一下子已在樓下，而歌舞的曲子還沒唱完。

玄宗在涼州，以鏤鐵的如意來抵押買酒。第二天命令中使，假意委託他其他的事。其實是要中使在涼州找回如意。並檢驗沒錯。

又常在八月望夜（十五日），葉法師與玄宗遊月宮，聆聽月宮中之天樂。問其曲名，說：『《紫雲曲》。』玄宗素來精通音律，默記其音，後稱為《霓裳羽衣》。自月宮回來，經過潞州城上，俯視城郭很安靜，而月光很亮像白日。葉法師請玄宗吹玉笛奏曲。當時玉笛在寢殿中，法師命人去取。頃刻便取來了。奏曲完。就在城中投擲金錢，然後回去。大約十天後，潞州奏報八月望夜，有仙樂降臨城下，又兼而獲得金錢。

玄宗很多次與近臣，來試驗葉法師的道術。雖不能卻作到了。有些很明顯是靈驗的。都不是幻象。所以特別的加以禮遇敬重他。其餘如追隨山岳之神，而引起風雨，烹吃龍肉，袪除妖怪偽善，所有靈祇的事情，都在葉法師的傳記中不再記錄。

燕國公張說，常詣觀謁見。謁法師命拿酒。燕國公說：『居然沒有其他客人。』法師說：『這裡有麴處士。長久隱居山林中，性格拘謹木訥，非常耽溺於酒，像鍾石一樣。』說：『請召來吧！』過一會兒就到了。那人的外型不到三尺高，而腰帶有數圈。讓他坐在下面，禮拜揖讓之禮，非常魯莽樸直。酒拿來了，每杯都飲盡，而神色不變。燕公要回去了，法師忽然拿劍叱喝麴生說：『不曾高談闊論，只沉緬於酒，你又有何用呢？用此斬了！』原來那不是人，只是個大酒杯而已！

謁法師常跟門人說：『一百六十年後，應當有道術超過我的人，過來卯酉山。』

起初，葉法師居住在四明山之下，在天台山的東邊，數年。忽然五月一日，有老叟來敲門，哭號泣訴求救。門人說他有疾病。法師引導他察問之下，他說：『我是東海龍王。天帝所敕封，管理八海之寶，一千年更改一任期。沒過錯的人可以加強証明仙品。我已九百七十歲了。成績快要成功了。但是有一個婆羅門(印度教僧人)逞其幻法，住在海峰。白天夜裡都一直唸咒語。已經累積三十年了。其妖法將要成功。海水像雲一樣捲在半空中，五月五日，大海要枯竭了。統天鎮海之寶，上帝用來制靈的寶物，必會為妖僧所取走。五日午時，乞求您賜下丹符來救贖。』

到時間，法師敕丹符錄，飛過去救他。海水恢復依舊。那個妖僧羞愧悔恨，死在海中。

第二天，龍王用龍輦、寶貨珍奇來報答法師。法師拒絕接受說：『林野之中，是神仙棲息的地方，用不著珠璣寶貨。』一件也不接受。又對龍王說：『這裡是崖石之上，離水很遠，但是用一點清泉就是恩惠了。』當天夜裡，聽到風雨的聲音，天亮，圍繞山麓四面，成了一道石渠。泉水流注。冬天也不休竭。到現在稱為『天師渠』。

顯慶時期中，葉法善奉命修天台山的黃籙齋。第二天早晨要到瓜州。那天，江邊渡人在靠岸的時候，是暮春時節，天氣晴暖。忽然有黃白兩叟（老頭）相互說：『乘船的時間可以下圍碁好嗎？』隨即拍響空中，召喚冥間童兒。

忽然有一幼童，從撥開的波浪中出來，衣服居然不沾濕。一個老叟說：『帶碁盤與坐蓆一起來。』一會兒，幼童如命而來。佈置蓆位於沙灘上。二叟相對而坐。約定說：『賭贏的，可以吃明天北來的道士。』二人大笑而下碁子。下了很久，白衣老叟說：『你敗北了！幸而沒有美味被侵占呀！』用眼向遠處望巡視。漫步淩於波上，遠遠的而消失。船夫知道他們要害葉法師了。心裡惶惶不安。

到早上，就有內官快馬先到，督促準備舟船。船夫則把昨天看到的告訴內官。內官驚嚇害怕不高興。接著法善來了。內官把船夫的話告訴葉法善。法善微微不屑的說：『真有嗎？不必掛念！』當時法善的符　很神準靈驗。無論聰明的、笨的人都知道。然而內官和船夫都是一般人，喜歡憂慮愴惶。法善知道而催促解開船纜繩，離岸一尺遠。暴風狂浪就來了，天昏地暗的，舟船上的人大驚失色。法善對侍者說：『取我的黑符，投擲在水鳥的頭部。』投了之後，河流波流安靜下來。法善對船夫說：『你可以大肆招攬同行，沿河流上下游十里之間，或是蘆洲渚岸邊，有巨大魚獲，你都可捉捕，會大獲全勝而賺到錢。』船夫接受教導。沒幾里，果然有長百尺的大白魚，周圍寬三十多圍的魚，在沙灘上暴斃。仔細看，魚腦穴有流膏。船夫把魚割成塊載回去。左右村子的人，吃魚就吃了一個月。

25. 邢和璞為友人討生死

有一位邢和璞先生，精通方術之學。常攜帶竹算盤計數。算盤長六寸。如果有人請他算，他就親自布算起卦。直的橫的縱橫布列出數字，起碼會用數百個數字。常常布列數字到滿張床都是。布列數字完畢，就會告訴請求者的吉凶。能說出其人的年齡命運的長短，和事業財祿的多少，非常神。

邢和璞先生外貌清羸瘦挺，專練道氣。有時會吃一點丹藥。別人都不知道他哪年出生的。在唐朝開元二十年道京都，滿朝的貴戚都等候著。其門庭若市。他能增人的壽命。又能算出人的壽命多寡。又能使死人復活。

邢和璞先生常到白馬坂（坡）下去看友人。友人已死了兩夜。友母哭著求他。和璞就把死亡的人放置在床上，用大被子蓋上。自已解開衣服和屍體同睡。命令關門閉戶。睡得很熟。很久才起床，準備洗澡水。而友人還是死的。邢和璞長嘆說：『大人和我約定而沒實現，為何呀？』又叫人閉門戶又和屍體同睡。邢法師突然起床，說：『活了！』友人母親進入屋內探視，其兒子已經蘇醒了。母親問他原因。其子說：『被籙在牢裡禁錮繫住，被拷訊問話正是辛苦的時候，忽然聽見外面說：「王在叫喚此人。」刑官不肯，說：「審訊不完，不准去！」一會兒，又驚嚇走來對刑官說：「邢仙人自己來傳喚此人。」審判的官吏出來迎接。很恐懼的再三叩拜。就讓此人跟邢仙人走了。所以活過來了。』

又有官吏納年輕的小妾，小妾精通歌舞，卻突然暴斃了。請邢和璞幫忙弄活。邢和璞用墨書寫了一付符籙，叫他放到小妾睡臥之處。忽然又說：『墨符可能沒有益處。』又寫了一道朱砂寫的符籙。又叫人放在小妾床上。一會兒，突然又說：『這付符籙由山神拿走了，可叫人追索。』接著又寫了一張大符籙燒掉。一會兒，小妾活過來，說道：『我被一個帶有數百人的胡神領捉走了，關閉宮門，在裡面飲酒作樂。忽然有個排戶（跑街的）推開門說：『五道大使叫喚唱歌者』神仙不回答。過了一會兒，又說：『羅大王使者傳喚唱歌者。』這時才害怕，就說：『暫且留下一點時間。』一會兒，數百的騎兵進入宮中，大叫著：「天帝傳詔，何人敢強取唱歌者。」下令抓那個邪神，打了一百杖。仍然放唱歌的人回來。於是就活了。』邢和璞的這種事蹟很多。以後不知去那裡了。（出《紀聞》）

26. 唐若山受度於太上真人

唐若山是魯俊人士。在唐朝玄宗先天時期（西元712年8月到713年11月），他歷任官職是尚書郎、連典劇郡。開元時期，出任潤州，頗有惠政佳績，遠近都稱讚他。

唐若山喜歡研究長生之道。他的弟弟唐若水為『衡岳道士』。是得到胎元谷神的重要傳襲，常被徵召入宮，到內殿幫皇帝貴人辦事的人。他常懇求要歸隱山林。上詔准許他。

唐若山一向喜好方術，所到之處，一定是有道教的金爐香鼎的道友。雖然行方術，但沒取錢。都是禮貌的義務接案。於是家裡的財富用盡了。做官的奉祿收入也沒有剩餘。買材料的費用，也不知記帳。到晚年由其篤信道教和法術。如果有官府做法事滋潤他一點官錢，也是去做藥賣。周圍親近他的人，每次勤加勸諫，唐若山都絲毫不聽勸戒。

一天，有外貌羸瘦貧瘠、形貌枯槁的老叟（老頭），來請求謁見款待。他自己說有長生之道。看見他的人都笑他老邁衰弱。唐若山看見他，特別禮敬他。老叟留住有一個多月，所講的都不是丹藥的重要做法。唐若山廣納方子和歌訣，又用歌誦圖說的方式，無一不研究。問到老叟所精通的事物，大家都蔑視他。唐若山仍然給他好吃、好喝的美酒佳餚，讓他品膳。雖然是個瘦削的老叟，但食量有三、四個人之多。唐若山依然敬奉美食給他。沒有一點不好的顏色。有一天晚上，老叟很從容自在的跟唐若山說：『你家有百口人，奉給的用度恐常不足。你貴為方伯，力量尚且不足，一旦閒居，沒官做，要如何贍養家呢？況且你把錢財常多所賒賬，或多所耗用了，我實在為你擔憂！』

唐若山嚇一跳說：『我處理此事很久了，將會有交代。也是常常有此煩惱，但無計可施。如果因此受到譴罪，固然是無法甘心的。但憂慮的是一家老小有凍餓的苦楚呀！』老叟說：『不必多慮。』催促上酒來，連帶數杯飲了。唐若山飲酒素來很少，那天也喝了三、四爵酒，但不覺得醉意，心裡非常奇怪。那天夜裡明月高照，唐若山慢慢走下庭院，過了很久，老叟對唐若山說：『你可命令一個僕人，載運鐵斧、各種鐵器，放在藥室房間。叫僕人鋪席架起爐灶。』說：『藥用二個鼎鐺之屬（大鼎鍋），加火炭燒炙熱，像一個熱烘烘的窯，不可向內去看。』老叟又在腰間取了小瓠，拿出三粒丹藥丸，每鍋投入一顆。關起門扉而出去了。他跟若山說：『你有道骨，道法應當超渡世人，加上你這人很正直，性格也沒有忿怒恚礙、埋怨。仙家尤其重視此種德行。我是太上真人，來遊歷觀察人間，來揣度能成道的有心人。憐憫你的勤勞操守，所以來相度你。我所變化中的黃白之物（黃金、金錢），一方面可以留給子孫用。一方面可以救濟旁邊的窮人用。一旦你開始支用這些帑幣金藏之物，就沒有後憂了。便可以找船去遊江，為以後離開人世去計劃。下一日，我們則會在中流相見。』說完，人就不見了。

唐若山在凌晨時分打開爐窯來看，老叟所變出來黃金錢財，燦爛奪目照亮房間每一個角落。

唐若山又再次將門關閉上鎖，就與三、五個賓客一起包船，在江上沉浮，並且去遊金山寺。當船到了河流中流時，江上大霧晦暗不明，一尺近都無法分辨。

唐若山只看見老叟，划著漁舟，一直抵達他的船側。讓若山進入漁舟中。很瀟脫的就走了。很久以後，風波也停了，迷霧散了。天亮了，若山已不見了。郡中的案几上，有若山與家人訣別的書信，指揮家中事務。又得到所寫的表單，上奏朝廷。其內容大概是：

『他在世間的財祿都很不錯，但生命飄浮難保，只有登仙道可以為以後之事打算。昔日范蠡丞相泛舟到五湖四海，是知道其主君不能一起同樂登道。張留侯（張良）設計用四皓老人阻擋，而不去上戰場，是敬畏真主漢高祖劉邦命不久矣。三位皇子當國，與臣下地位不同。我的運氣屬於安定清明的，對榮耀爵位都覺得累。我早就悟出升遷與浮沉的道理。深切知道該停步的規律。所以把心思放在玄冥的事務上。偶然我得到丹藥的秘訣。連黃金都可做出。相信淮王以前說的話，白日可延長。體察道教真經的妙用。既然可得到，又有什麼須要相求的呢？因此向紅塵俗世揮手道別，把精神騰跳到碧海之上，仙境的扶桑國在望，蓬萊仙島也並不遙遠。遙遙的瞻仰天帝的宮門，就像犬馬一樣戀愛著主人一樣。』

唐玄宗看了表章覺得有些奇怪，就馬上命令特優撫卹唐若山的家屬。催促召回其弟唐若水。和內臣一起做詔書。讓齎詔官帶到各地江邊海濱去尋訪唐若山，但都杳無音訊了。

之後二十年，有唐若山的舊部吏從浙西奉使淮南，在魚市場中看見唐若在市集賣魚。跟平常人混跡一起。

唐若山看見此舊吏，帶他入陋巷中，環繞走了數百步，就到了一間華麗的宅第。不讓舊吏給他食物，說自己貧困已久，叫舊吏拿市面上的鐵二十梃，第二天再與他相見。這時已幻化為金子了。全部送給舊部吏。此舊吏姓劉，現在劉吏的子孫也世居金陵城，也有修道的人。

另外，相國李紳，字公垂，常在華山學習道術。有一天，山齋的糧食沒有了。他走出山谷到遠方去找糧食。到了黃昏還沒回家，忽然暴雨爆發，他躲避在巨大巖石下，下雨的地方像沾污一般。在山巖下，看見一個道士，小船靠岸在石上。一個村童抱著船檝而站著。跟這個人作揖。道士笑著說：『公垂你怎麼在此呀？』說話像有深交一樣。但素寐平生。道士就問李紳說：『你知道唐若山嗎？』回答說：『常看國史，看見唐若山得道之事，非常景仰。』道士說：『我就是唐若山。

將要去遊蓬萊仙境。偶然遇到江上起霧，繫舟在這裡。我與公垂是今日和昨日的分別，能暫時相遇。就忘了吧！』

又帶李紳登上小舟，江霧已散去，天晴了，山峰很亮，月亮皎潔明亮。小船凌空而行，一下子已到達蓬萊仙島。島上有金色的樓宇和碧玉的廳堂，很森嚴整齊，像天上的氣氛一樣，有幾個神仙都是舊時的朋友。想要留下來。其中一個神仙說：『公垂要佐理國務，一下子就要回去了。』

李紳也是要處理一些國務，沒想到要留下。眾仙人又教唐若山把李紳送回華山。後來李紳果然作了宰相。一直掌握權柄。去世以後，也是重登仙人的品級了。

（出《仙傳拾遺》）

27. 司命君贈寶與元瓌

所謂『司命君』的人，常常生在民間。幼小的時候，和唐元瓌作同學。元瓌說：『司命君家裡世代信奉道教。早晨和夕暮都會點香敬拜。要念《高尚消災經》和《老君枕上經》。常常有吉祥奇異的徵兆。還有奇特香味與祥瑞的雲飄過庭院屋宇。司令君的母親，因夢見滿空中都是神仙降臨，都高一丈多，還有旗幟旌蓋，全佈滿其宅第。有黃色的光照在她身上，像是金色。因此受孕而生司命君。』

司命君生下後，立可能張開眼睛，開口說話，臉上有笑容。幼小時很聰明領悟力高。學習讀詩書，連元瓌都趕不上他。

司命君到了十五、六歲時，忽然不知道哪裡去了。原來是去遊天下尋師訪道了。也不知道他的老師是何人？如何得的神仙秘訣。寶應二年，元瓌為御史，又充當河南道採訪使。到鄭州郊外去，忽然遇見了司命君。他衣服藍縷，容貌憔悴。元瓌深深憐憫他。跟他話舊。問他學過什麼？他說：『相別之後，只有修真道而已。』就邀元瓌到他家去。把馬騎留在旅館等候。司命君和元瓌一同走了。

二人入了街市的側旁，有低矮的門巷，只能一、二人進入。才入門，外邊的門就關閉了。跟著的人就不能進入。第二道門稍寬一點。接著又進入一門，屋宇非常大。司命君對元瓌在門下作揖。先去入席，很久才出來相迎。元瓌看見他的容貌突然變為雄偉燦鑠。年紀只有二十多歲。戴雲冠，穿彩霞衣，左右有玉童侍女三、五十個，都貌美不是世間所有的。

元瓌猜不透。相互引導到堂上坐下，並設有饌食非常珍美。器物盤皿異常美麗。就算是帝王賞宴都不一定能做到的。吃完饌食又命上酒。司命君與妻子同坐

就說：『不可讓御史獨坐那裡。』就召喚一人，坐在元瓌側旁。元瓌看一下，是自已的妻子。演奏音樂，飲酒酣歡。有點醉了，就各自散去。最終來不及相問實情。天亮醒後就告別了。司命君贈元瓌金尺玉鞭。出門走了數里路，再叫人去問之前的地方，就沒有蹤跡了。

回京後，元瓌問妻子，曾經有奇怪的事嗎？妻子說：『某一天，頭昏昏的想睡覺，有一個黑衣人來，說是司命君要召見，便隨那人去了。到了司命君宮中，看見與夫婿你一同飲酒。』

妻子所見的也和元瓌的歷歷在目很相同，沒錯誤。其後的十年，元瓌奉使江嶺。又在江西泊舟，看見司命君在岸上。相邀進入一間草堂，又到了仙境。留下來喝酒饌食，但音樂侍衛比以前還多，也全部不是舊有的人了。等到宴會散場，司命君送給元瓌一具飲酒器。這個物件像玉又不是玉。不說其名字。自此次話別，以後不再相見。也不知司命君所管的是什麼事？所修的是什麼道？他的神仙品位輩分有多高？只是姓何而已。

一天，有胡人商人來見東都所居處。他跟元瓌說：『你的宅中有奇異的寶物之氣，請給我看一下。』元瓌將家裡的東西給他看，都不是。最後拿出司命君送的飲酒器給胡商看。那人立刻起而禮敬又跪拜，接過來捧著，頓首扣頭說：『這是天帝流華寶爵呀！放在太陽下，則白氣的光會連上天。用玉盤盛著，則會有紅光照滿屋室。』馬上跟元瓌一起試驗。真的有白光像雲一樣，慢慢直沖而上，與天相連了。夜晚又試了一下。也不誤謬。『此寶物是太上西北庫中鎮中華二十四寶。每一年都會下降人間，現在這是第二十二寶。也是不會久流在人間的，會很快飛走。能得到此寶的人，能接受福祿有七世之多。很佩服呀！』元瓌舊以玉盤來盛放此寶物。夜裡看它照著滿室的紅光。（出《仙傳拾遺》）

28. 劉白雲成道登天

有一個名叫劉白雲的人，是揚州江都人，家裡富有，又好義氣。有錢財，常救濟窮人。也不知道有陰功德能修行的事情。

忽然在江都遇到一個道士，自稱是『樂子長』，家住海陵。道士說：『你有仙籙天生骨相，而在塵土中流浪，是為何？』於是從袖中取出兩卷書送給他。劉白雲捧著書，開始看篇章內容。剛想道謝，道士樂子長嘆息說：『你先要變化氣質，然後能接受真道。這是前生註定的。』就依次方法來教他。

過了很久，就是沒有道士在，他自己也能學道術了。能驅役上天，呼風喚雨，或變化萬物。他能在襄州隔江的一個小山上，幻化數千兵士。其中還有結札了紫色雲氣的帳幄。有天人的侍衛，連著一個月都不散。

節度使于頔懷疑他使用妖術來幻化的。便叫兵馬使李西華帶兵攻打。只見帳幄和侍衛漸漸變高，連弓箭都不能射。判官竇處約說：『這是幻術，用穢物丟它就消散了。』他們就取屍體穢物在小山下焚燒。果然士兵衛士就散了。

劉白雲乘馬隨從四十多人，走在漢水上，揚波起塵，像走在平地一般，都追不上。他跟追的人說：『我是劉白雲！』

後來在江西、湖南，很多人都看見他。常會更換年輕潔白的模樣。

那時，湖南刺史王遜愛好道教。劉白雲常來郡中。忽然有一天道別。跟王遜說：『我要去洪州。馬上在鐘陵相見。』作揖就走了。起初不曉得是何意？

辰時從靈州出發，午時已在湘潭。知道的人，能驗證他所走的路，一下子就能走七百里。十天，王遜果然去洪州。到任後劉白雲來相訪。又在江都遇見樂真人。說：『你周遊人間有很多年了，金液九丹之經卷，是太上所飭令的，命令授給你。你可選名山福地去練氣，而服用丹藥。千日左右可以登雲天昇仙了。』乾符年中，又有人看見他在長安市集賣藥，有認識他的人，但不能靠近、親近他。

（出《仙傳拾遺》）

29. 太尉郗鑒授道

滎陽的鄭曙，是著作郎鄭虔的弟弟。他博學多能，任俠仗義，好奇心強。常常會見客人，說一些人間有趣的奇事。

鄭曙說：各位喜歡讀《晉書》嗎？看見了太尉郗鑒的事蹟了嗎？《晉書》中雖然說他死了，但現今他還活著。』堂上的客人都很驚訝，說：『很願意聽聞故事。』

鄭曙說：『我跟武威的段歇交情好，他做定襄令。段歇有一個兒子叫段碧（音略），自小喜好清虛，仰慕道教，不吃葷酒等物。年紀十六歲，請求父親說：「我想尋訪名山，拜訪奇人來求道。」父親允許了。給了他十萬金錢，讓他達成志向。』

『段碧在天寶五年，走過魏郡，住在大旅店中。旅店中還有客人，自己駕著一隻驢，賣數十斤藥。這些都是不食五穀的養生之法。他的藥也有稀少或不及準備的。每天都在市集上找胡人商人去拿。段碧看見此客人，有七十多歲了，眉毛和鬍鬚都白了，但容顏像桃花一般，也不吃五穀。段碧知道他是練道術的人。非常高興。看他稍微休息空閒一點，就把買的珍果美膳，藥食美酒奉上。那個客人很驚訝！跟段碧說：「我是一個山裡的老叟，來此賣藥。不想讓世人知道，你怎會知道我在此地呢？」段碧說：『我雖年紀小，但性格喜歡虛靜，看見你的作為，必定是學真道的人。所以願意開心的相會。客人很高興的一同飲酒。到晚上，就一起同宿旅店中了。幾日過去，事情處理完畢將要回去了，老叟對段碧說：「我姓孟，名期思，居住在恒山，在行唐縣西北九十里的地方。你想要知道我的名氏就是如此。」』段碧又為他餞行。對著老叟叩頭虔誠祈禱，想到山中去，向老叟諮受道教的真要。老叟說：「如果要這樣，要看你的志向是否堅定，才可以一起居住。但是山中居住非常辛苦，必須忍受饑寒。所以學道的人，很多會打退堂鼓。另外，山中有年高又有德望的人，要先去稟告陳述，得到允許才能去。你熟思考慮一下。」

段碧又堅持請求。老叟知道他有志向道，就說：「到八月二十日，要去行唐，你可以去西北方走三十里路有一個孤姥莊，莊內有孤苦的姥者，是奇異的人。你應當先謁見她。看你的言行，再等我的消息。」段碧再次揖拜接受約定。到時間就去了。果然找到孤姥莊。姥姥（老婦人）出來問何事。段碧具實告訴姥姥，姥姥撫摸段碧的背說：「你這個小孩如此年幼，而能愛好道教，很好啊！」就把段碧的背囊裝在櫃中，讓段碧坐在堂前的閣內。姥姥家非常富有。給段碧的生活很豐厚。住了三十日，老叟孟先生到了。對段碧說：「本來只是輕率地話語，你卻果然來了。但是我有事要到恒州去，你暫且還是住在此地。數日後我會返回。」老叟走了又回來，又對段碧說：「我更改了與白耆宿的行程，想與你一同去恒州。數天就回來。」就叫姥姥把段碧的衣裝背囊都收起來，只叫段碧帶隨身衣物一起走。段碧於是和孟先生一起走了。

『起初走了三十里路，非常大的艱難險阻，還能踏出步履。又走了三十里路，都是手抓著藤葛，腳登著嵌入的巖石，膽顫心驚，嚇得魂魄竦立，大汗流出。而只能走一點點的路。其所居住地，則是東邊，南邊都是崇山和巨石。又有森嚴翠綠的林木。北面算是有些平的，就是諸條山嶺、山陵。西面是懸崖垂下。有千層山溝溪壑，也有良田。山居的人很能種植。其中有六間瓦屋，前後有數架植物。在北邊，是諸位先生住的。東廂有廚房灶台。也有飛泉在屋簷間沖落地上，代替了汲井水。在北邊的屋戶內，西二間為一室，門閉著。東西間為兩室，有六位先生一起住。其屋室前的廊廡下，有數架書，有二、三千卷之多。有穀物千石，藥物最多。醇酒經常有數石之多。段碧拜謁了諸先生。先生告訴他：「住在這裡，和人間不同，也是很辛苦的。須忍受饑餓，要吃丹藥。能甘心授此，才能居住於此。你能不能呀？」』段碧說：「能！」。於是留下住著。到五天的時候，孟先生說：「今天去謁見老先生。」

於是打開西室，室中有石堂。堂向北開，下面就是臨著川谷。而老先生躺在繩床上，向北面而冥思齋心。段碧謁拜老先生。老先生很久才打開眼睛。跟孟叟說：「這是你說的人嗎？這個小兒很好。就給你充當弟子好了。」於是告退出來。又關閉房門。這所庭院前臨著西邊澗水，有十株松樹，都長得很高，下面有磐石，可以坐一百人。在石上有鐫刻碁盤。當這些先生休息閒暇時常相互下碁飲酒。段碧這時當侍者，看先生們下碁。會教他碁局形勢。諸位先生說：「你也會下碁，可以坐下。」段碧就和各位先生對奕。老叟都下不過他。於是老先生命打開門戶出來，持杖臨山崖而站立。朝西望，時間轉移。就對孟叟說可和段碧對碁。孟期思說：「大家都敵不過這個小子。」老先生笑了，召段碧坐下，與段碧對奕。接著老先生碁變少，又輸給段碧。他又微笑的對段碧說：「你想學什麼技藝呢？」

段碧說：「碧幼年時，不知道如何求方術。但想學《周易》。」老先生要孟老叟來教他。老先生又回到室內，關閉其門。段碧學習《周易》超過一年，而日漸知曉。占時布卦，說事情都很神準。段碧在山中四年。前後看見老先生出門不過五、六次。但他在室內端坐於繩床上，正心觀禪。常常有三百日或二百日不出門。老先生常不打開眼睛，顏貌如同兒童容顏，身體非常肥胖，吃很少。每次不打禪時，會飲一點藥汁，也不知其藥名。後來老先生忽然說：「我與南岳諸葛仙家約定的日期，今天到了，要走了。」

段碧在山裡待久了，忽然想家，就告假回家省親，很快回來。孟先生發怒說：「知道此人不能有始有終，為何要來呢？」於是叫他回去。回家後一年，卻又想尋找諸先生。到山上看見室屋如舊，門戶封閉沒有一人。他下山問孤莊老姥，老姥說：「諸先生不來這裡有一年了。」段碧因而悔恨到死。

段碧在山中時，常問孟叟說：「老先生的姓名是什麼？」孟叟拿《晉書》『郗鑒傳』讓他讀。說：「要知曉認識老先生，他就是郗太尉呀！」（出《記聞》）

30. 僧契虛稚川仙府習仙

有一個僧人叫契虛的人，本來是姑臧李氏的兒子。他的父親為唐玄宗時的御史。契虛從孩同時就喜歡研究佛法。二十歲時，打扮成古東胡人辮髮、穿褐色短衣。居住在長安的佛寺中。到安祿山破了潼關，唐玄宗向西巡幸四川，契虛就躲入太白山，採取栢葉來吃，開始不吃穀類食物。

有一天，有道士喬君，外貌清瘦，鬚鬢都白了，來見契虛。跟契虛說：『大師你的神氣和骨相很孤獨秀美，之後會請你去遨遊神仙都城看看。』契虛說：『我是塵世中的俗人，哪能去謁見仙都呢？』喬君說：『仙都其實很近，大師可用力去。』契虛就請喬君教他方法。喬君說：『大師可備糧食在商山的旅舍中，遇到背著簍子的販賣者，就在商山犒賞餽贈給他們。或者有問大師你所要見何人？只要說想遊稚川，就會有背簍子的販賣者引導大師去了。』

契虛聽這些話很高興。到安祿山兵敗，皇上從蜀地回到長安。天下平安無事了。契虛就立刻前往商山。住在旅舍中，準備了好吃的食物，以等待背簍子的販賣者好餽贈給他。只有數個月，遇見的捀子（音蜂子，背簍販賣者）有一百餘個。卻吃完而走了。契虛的意志稍為停息了一下，心想是不是喬君騙我？想回長安，就治裝打包行李。這一夜有一個年小的捀子，對契虛說：『大師想去哪裡呢？』契虛說：『我願去遊稚川很多年了。』捀子一驚說：『稚川是仙府呀！大師怎麼能去呢？』契虛對答說：『我自孩提時就好神仙道，常遇見至德之人勸我遊稚川。路有多遠啊？』捀子說：『稚川很近，大師能偕同我一起去嗎？』契虛說：『如果真能遊稚川，寧死不悔。』於是捀子與契虛一起到藍田之上，購置器具。傍晚時就登玉山。跨涉危險，越過巖峰。走了八十里到了一個洞穴。有水從洞中出來。捀子與契虛一起搬石頭填洞口，塞住其流水。塞了三日，洞水才停止。二人一起入洞穴中。裡面很暗，方向不明。看見一個門在數十里之外，就向門而去了。

走出洞外，日煦風恬。山水清麗，真是神仙的都城。又走了一百多里路，登上一高山。其山峰迴轉拔高，石徑很險竣。契虛眼目昏眩不敢攀登。捀子說：『仙都很近了，為何徬徨呢？』就牽著手一起走。至山頂，上面很平坦。往下看有河川平原，很邈然無法看得見。又走了一百餘里，進入一山洞中。等出來，看見積了很大的水，水中有石徑。有一尺多寬，長有一百多里。摔子引導契虛小心地踩石徑而走過去，到山下，前面有巨木，十分繁茂，有數千尺高。摔子爬上巨木，長長吹一聲口嘯，等了很久，忽然林稍有微風吹起，突然有一巨繩繫著一個行囊，自山頂而垂下。摔子叫契虛閉眼坐在囊中。只有半天。摔子說：『法師可以開眼而看了。』契虛看了看，已在山頂。有城邑宮闕，玉石寶物相交輝，在雲霧之上。

摔子指著說：『這是稚川。』於是一起詣見這個地方。

看見有幾百個仙童，前後站著，有一仙人對摔子說：『此僧是做什麼的？難到不是人間的人嗎？』摔子說：『此僧常許願到稚川，所以帶他來此。』

已經上到一個大殿上，有戴簪冠冕的人，相貌雄偉，在玉几前坐著。侍衛環繞左右。侍衛防手嚴密。摔子叫契虛謁拜，說：『這是稚川真君。』

真君召契虛，問訊他說：『你杜絕了三彭之仇了嗎？』無法回答。真君說：『這就不能停在此地。』於是叫摔子登翠霞亭。這個亭子是橫空的，有欄干高豎在雲中矗立著。

又看見一人，袒露而且瞬目（眨眼），頭髮長數十尺，面色黑暗凝重。又好像可看出心中。摔子對契虛說：『你可以拜見了。』契虛就拜了。又問：『這人是誰？為何瞬目？』擇子說：『這是楊外郎。外郎是隋朝的宗室。外郎居南宮，是隋末天下紛亂，有兵禍，所以避居山裡。現今已得道了。這不是瞬目（眨眼）。這是徹視（透視）。徹視就是放一隻眼睛在人世。』

契虛說：『請他閉上眼睛可以嗎？』擇子就當面請求楊外郎。忽然閉眼而有四個眼看。其眼睛特別明亮，像日月一樣照耀。契虛嚇得背汗直流。毛髮也豎起來了。

又看見一人，臥在石壁下。擇子說：『此人姓乙，支潤是其名。也是人間的人。得道而到此地。』接著擇子引導契虛回去，路途和來時一樣。契虛問擇子說：『我剛才謁見真君。真君問我「三彭之仇」。我不能對答。』回答說：『姓彭者是三尸之姓。常存在人中間。伺機審查其人罪過，每次逢庚申日，會上報給上帝。所以學神仙的人，應當先斷絕他的「三尸」，這樣才能學成神仙。不然，雖苦其心志也無法學成。』

契虛領悟此事。就回去了。結廬於太白山，絕五穀吃食，吸氣，從沒有將去稚川的見聞告訴別人。貞元年中，還居華山下，有滎陽鄭紳、與吳興沈聿，一起從長安出關，來到華山下，遇到天將暮色有大雨，二人就停下來。契虛以絕粒不食的原故，就不煮飯了。鄭君奇怪他的不吃食物。卻骨體狀態很豐腴秀麗，就去問他求證。契虛就把稚川的事告訴鄭君。鄭君十分好奇，聽到此事，又嘆息又驚奇。到從關東回鄉，又再次到契虛的住處。此時契虛已離棄了。竟不知去了那裡。鄭君常傳言此事，稱為《稚川記》。（出《宣室志》）

◎「三彭之仇」：三彭又稱三尸，或三蟲。源自陰陽五行說。也進入道教和中醫領域。道教認為：人身體中有三條蟲。稱為上尸，在上丹田。中尸在中丹田。下尸在下丹田。尸者，神主之意。道教認為上、中、下三個丹田，各有一個神主駐蹕主管。「三尸」：姓彭。上尸名叫「踞」。中尸名叫「磧」。下尸名叫「礄」。

31. 九天使者令玄宗五嶽置廟

唐朝開元時期中，唐玄宗夢見神仙的羽衛隊，有千乘萬騎在空中集結，有一個穿紅衣戴金冠的人，從所乘的車下來。謁見玄宗說：『我是九天的採訪，在巡察糾正人間，想在廬山西北方，建置一座下宮。已有木石基座，但須要人工勞力而已。』玄宗就派遣中使，去廬山西北方察看。果然有宮殿的基座遺跡很清楚。相信以前就有的巨木數千段，自然而然的運到了。並不是人力所載運的。殿堂和廊宇的建築，要隨木頭的種類而製作，全部都能充足的使用。或是說這些木材是以前九江王所採集的，本來也是要蓋宮殿的，後來沉在江州湓浦（湓水，又名湓水、湓江。即今江西 九江市西龍開河。）應該是神仙運來的，以供所用。所蓋的廟西邊有長廊，有柱子基礎架在巨大的澗水之上。其下的河流汩動奔流聲非常響。目視測不出深度。經過很多年歲，難保沒有危險的地方

當初開始作廟的時候，木材一起來了，一夜有巨萬支木材，每支都有水痕。、

在殿門、廊宇的基礎上，是自然變化出來的，也不是人所用版建築的。常常有五色的神光，照亮廟的所在。常像白天一樣亮。揮動刀斧及搬運工作，都沒有一點暇餘時間。做工的人，都忘記疲倦拚命做。十天就把廟蓋成了。完工的時候，中使夢到神仙來說：『赭石色（咖啡色）、白堊、丹砂（朱砂）、翠綠色在廟北的地方可找到。不必到遠方去找。』於是就派人去找，採取來充當用處，絲毫沒有缺失。接著建昌渡有靈官五百多人，穿灰衣道士服的人，都說來謁見使者廟。現今有圖像留存。

當初玄宗夢見神仙的日子，召來天臺道士司馬承禎，去上天察訪這件事。承禎奏說：『現今名山岳瀆職成為血食之神，常要祭祀祠養。太上真人憂慮他會作威作福，殘害百姓。分別命令上真人監管蒞臨名川大岳，特設有五岳真君，又把「青城丈人為五岳之長」封為五岳之長。「潛山九天司命」主管九天仙子的仙籍。廬山九天使者手執三天之符籙，可以彈劾萬神（所有的神），都是五嶽的上司。應該各設置廟宇，以素食為饗祭。』玄宗遵從了。這一年五岳三山，都設置廟了。（出《錄異記》）

32. 十仙人授玄宗紫雲曲

唐玄宗常夢見仙子有十餘人，駕雲氣而下，到他的庭院中。每個仙人都各帶有樂器來演奏。其樂曲很清新脫俗。真是仙府的音樂。音樂結束，有一個仙人上前來說：『陛下您知道這首樂曲嗎？這是神仙的「紫雲曲」。今天願意傳授給陛下，成為聖唐的正始之音。與周代帝堯的「咸池」（用於祭地）和「大夏」（用於祭山川）是不同的。』玄宗聽了非常高興。立即接受傳授。

一會兒睡醒了，耳邊猶有音樂的餘響。玄宗就急命人取玉笛來吹而學習。完全能掌握其中的結奏，一點都沒遺漏。

天亮了，在紫宸殿聽政事，宰相姚崇、宋璟入殿，在御前奏事。玄宗好像聽不見。二位宰相有些害怕，又再奏事。玄宗站起來，突然不顧有二位宰相在。二位宰相就更加恐懼，就小心離開了。當時有高力士侍奉在玄宗旁邊，奏說：『宰相來請奏事項，陛下當面可決定可否，來的人是姚崇、宋璟二相，談的都是軍國大事。而陛下不理他們，是不是二位宰相有罪呢？』

玄宗笑說：『我昨天夢到仙人奏樂，稱作《紫雲曲》，並且傳授給我。我怕失去節奏，於是勤加練習，故無暇聽二相奏事了。』隨即從衣服中取出玉笛，給高力士看。這天高力士到中書省去，把此事告知二位宰相。二位宰相的恐懼稍微解開一點。樂曲後來傳給樂府。（出《神仙感遇傳》，陳校本作出《宣室記》）。

33. 二十七仙二十八宿

唐朝開元時期，有一天，玄宗皇帝在白晝閒居無事，頭昏想小睡一會兒，夢到二十七個仙人說：『我們是二十八星宿。另外一個在當班夜值，在天上沒有下來。我們寄住在羅底那邊有三年了。幫陛下一起鎮守護衛國界，不讓西戎胡擄來侵略邊境。眾仙人常變易形貌，混跡遊歷各處。既小睡，就敕令天下山川郡縣，有羅底字的地方去察訪一下。』竟不能察到。

他日夜裡玄宗又夢到說：『有音樂的地方就是。』再下詔訪查一下。於寧州東南五里處，有地名叫羅川，川上有縣縣用河川的名字。有羅州山，相傳那裡有洞穴。有蒼樹植物擋住不通。樵夫、牧人聽見有音樂的聲音。令詔使去尋找，很久找不到。忽然林中有洞口有兔子跑出來，逕自到山崖下面。尋著兔子的足跡，進入一個山洞，內有石堂很寬敞，中有石像二十七真人，得到後就進獻給皇帝。就在內殿設置神位。晨夕都焚香敬拜。親自瞻聽謁見。又命令將二十七座神像做漆器骨架架構的工作。再送回本洞。在這裡設置通聖觀。改縣為真寧縣以表揚此事。下賜寶香和香爐。香爐現今還在。

鄉裡的人說：『以前有底老的人，不知哪裡來的，高眉皓髮，和其他的老叟不一樣。或出門或獨處，鄉里的人都尊敬他。他在山下賣酒，常有奇異的人來飲酒。或是採藥童、樵夫，都和他往來。一見這些奇異的人對底老說：『要增加釀造酒，可以喝更多。就不再來了。』

果如他說的，增加釀酒後來等待飲酒的人。釀酒熟了，群仙果然來了。飲得酣興正濃，在下面坐的一人，與同坐的人說：『我請求雕刻眾仙的形象，以留於人間。』就取石片二十七片，刻成二十七人。一會兒之間，畫得眾仙的真實容貌，放置洞中。依照飲酒時的列坐，再刻該神仙的名氏在石片背後。完畢後就散去。底老也不知所以了。當時的人都稱這是仙舉之事。底老這個人，懷疑他是氐宿（二十八星宿之一，東方七宿第二宿）。之後著作郎東門詣，為贊序以記錄它。

（出《神仙感遇傳》）

34. 姚泓毛女峰得道長生

唐太宗的時候，有一個道行高的禪師，居住在南岳。忽然有一天，看見一個物體像人一樣行走而來。直到禪師跟前。這個物體有綠毛覆蓋身體。禪師有點恐懼害怕。想是梟（貓頭鷹）一樣的東西，仔細看其面目，就是人的臉。禪師問他：『檀越（施主）是山神呢？還是野獸呢？又因為何事而特別來此？貧道禪居在此地，不打擾生靈，神仙都知道，沒有相煩惱的呀！』很久，這物體合掌而說：『現今是什麼年代？』禪僧說：『大唐』。

又問：『和尚你知道晉宋嗎？自那時到今天是多少年了？』禪僧說：『從晉宋到今天，已經一百四十年了。』這物體又說：『和尚你博古知今，但可能不知道有姚泓。』禪僧說：『知道。』這物體又說：『我就是姚泓。』

禪僧說：『可我流覽晉史，說姚泓被劉裕所捉住，把姚宋還到江南，並且斬姚泓於建康市（南京），據記載，姚泓則死了。如何到今天？你又自稱自己是姚泓呢？』姚泓說：『那個時候，我國實在是被劉裕所滅亡，把我送到建康市，要宣示給天下看。奈何！沒到行刑，我就脫身逃匿了。劉裕既然抓不到我，就假裝找一人相貌和我相似的人，斬了。來立聲威。展示給別人看。我則實是姚泓本身呀！』和尚就留他坐。跟他說：『歷史上說的豈是虛言假話了？』

姚泓笑說：『和尚你不是聽說漢朝有淮南王劉安嗎？其實已昇仙了。而司馬遷、班固外表狀態像叛逆，伏誅被殺。漢史中之錯誤，豈不會超過後代的歷史呢？這就是史家多妄言的證據啊！我自從逃離到山野，隨便到處遊走，福地靜廬，無一不研究深討。也不食人間煙火。遠遠的跨涉這個山峰。很逍遙自在，自得其樂。只有吃松栢之葉為餐食。年久之後，全身生了此等綠毛，已得到長生不死的真道了。』和尚又說：『吃松栢之葉，何致於生綠毛如此呢？』姚泓說：『昔日秦宮人遭到戰亂避世，進入太華山之山峰，吃松栢之葉維生，年歲浸久了，身體生綠毛一尺多長。若遇到世人，人都非常驚異。所以現在稱為毛女峰。而且你很信古時的事，為何不詳加徵信呢？』和尚就問他所須求的食物。姚泓說：『我不吃世間的味道很久了。只飲一甌茶。』就陳述晉宋歷代的故事給和尚聽。瞭若指掌。更有史書中缺少沒寫的，姚泓全部都講到。繼而向和尚告辭，以後都不再見他了。

35. 李衛公治療單以清得道

在蘇州常熟縣的元陽觀，有一個單尊師，法名為以清。在大曆年中，常去嘉興。有一次進入一艘船中，聞到一股奇怪的香氣，懷疑有奇異的人。目巡舟中客人一遍，都是商人、小販之類的人。只有船頭有一人，相貌較特殊。氣態很恬靜。這位單法師就告訴船人，要改坐船頭的席位去。就可以和那人說話了。和那人並席之後，香氣更濃了。單法師就輕鬆的和那人對談。

那人說：『我是本地人，年少時染大風寒，眉毛頭髮都掉落了，自己很嫌惡自己，就逃到深山中，想被虎豹吃了算了！走了數天，山路轉入很深的地方，杳無人跡。忽然遇到一個老人，問我說：「你是何人呀？走這麼遠來到山谷。」我具實的表述了自己的本意。老人哀憐我，看了我一下，說「你的疾病有我。今天怎麼能錯過呢？可以隨我走。」他就隨老人走了。進入深山十餘里的地方，到了一道澗水，涉水過去十餘步，就豁然廣闊了。有幾間草堂。老人說：「你不可隨便進入，暫且在此草堂中待一個月的日子。之後我自然會來看你。」就留了一裹藥丸，讓他服用。又說：「此草堂中有黃百合、茯苓、薯蕷。棗栗蘇蜜之類的，可以讓你隨便吃。」那人就進草堂居住，老人就走了。向更深的地方而去。』

那人服了藥之後，就不會饑餓口渴，只覺身體變輕。這樣經過二個月的日子，老人才出現。看見這人就笑著說：「你還在啊？真是有心了。你的疾病已不一樣了。知道嗎？」回答說：「不知。」老人說：「到水邊照照看。」真的鬢髮眉毛都長出來了。顏色也加倍好。老人說：「你不適合久居在此，既然服了我的藥，不但使你消除疾病，也可在人間長生不老。但要修行道術，跟你約定以二十年後為期。」就讓他回歸人間。

臨別時，那人拜別告辭說：「沒有請教仙聖是何姓名？請垂告示下給我。」老人說：「你沒聽說唐初衛公李靖嗎？我就是他。」那人就告辭出山。

現在所修持的恐怕不合仙師之意，年限快到了。我想再入山去尋找那個仙師。」單以清就把這個故事記下來，常說給別人聽。（出《原仙記》）

36. 張果長壽遇玄宗

精通五星學的張果，隱居於恒州條山。常在汾水及山西太原地區跑來跑去。當時的人相傳，他有長生的秘術。德高望重的老人說：『在我為兒童的時候見過他。他自己說他已數百歲了。』唐太宗、唐高宗時期屢次徵召他，他都不去。武則天徵召他出山，他就假死在妬女廟前面。那時剛好是盛夏很熱，一下子就臭爛生蟲了。武則天聽到，相信他死了。後來又有人在恒州山中又看見他。張果常騎乘一隻白驢，一天可走數萬里路。休息的時候，就把驢重疊起來，像厚紙板一樣，放在頭巾箱子中。要乘騎的時候，就用水噴它，就變成驢了。

開元二十三年，玄宗派裴晤騎馬到恒州驛站去迎他。張果對著裴晤氣絕而死。裴晤就焚香來請求他。並宣揚天子愛才求道的意思。張果過了一會兒才漸漸蘇醒。裴晤不敢逼迫他。馳馬回京上奏。玄宗又命中書舍人徐嶠用齋璽書來相迎他。張果隨徐嶠到了東都，安置在集賢院。用轎子抬著他進宮，倍加禮敬。玄宗從容地對他說：『先生是得道之人，為何牙齒頭髮都掉落了？』

張果說：『我已經是衰老腐朽的歲數了，也沒有道術可憑籍了，所以如此。良好康健的足腳是羞恥啊！現在如果全拿掉，是不是不過份了呢？』於是就在皇帝面前拔掉鬢髮，擊落牙齒，滿口流血。把玄宗驚嚇到了，對他說：『先生休息一下，等一下讓裴晤來說話。』過了一會兒，又徵召他，張果出現時，又是黑黑的髮鬢，潔白的牙齒，面貌更年輕強壯。

一天，秘書監的王迥質、太常少卿蕭華一起造訪張果。當時玄宗欲下令給公主找尚主（取公主為妻的人）。張果並不知道。但他突然對著二位大人笑說：『娶婦得公主，非常可怕呀！』王迥質和蕭華對看一眼不知其意。不久，有中使到了，對張果說：『皇上以玉真公主早年愛好道術，要下嫁給先生。』張果大笑，竟然不接受詔書。二人這時才悟出剛才張果說的話。

在那時，朝廷中的公卿很多都是等候謁見張果。或去請教方外之事（仙境或修道之事）。他都詭譎的應付他們。他每次都說：『我是唐堯時丙子年生的人。』時間久遠，不能臆測。又說：『我在堯時為侍中。』張果精通胎息之術。可以好幾天不進食。吃東西時，只喝美酒和三黃丸。

唐玄宗留他在內殿中，賜酒給他，他辭謝說自己是山野之臣，飲酒不過二升。有一個弟子，可飲一㪷（斗）酒。玄宗聽了很高興，下令召此人來。一會兒，有一小道士，從殿簷飛下來，有十六、七歲的樣子，面貌美麗，談吐風雅淡泊。謁見皇上，言詞清脆爽利，禮貌完備。玄宗命他坐，張果說：『做弟子的人常侍立在旁側，不適宜賜坐。』玄宗看了更喜歡他。就賜酒給他。飲到一㪷酒都不辭謝。張果幫他辭謝說：『不能再賜酒了，飲過度就會有所失誤，會讓龍顏笑話了。』

玄宗賜酒逼他喝。酒忽然從頭頂湧出來，頭冠都掉落地上，變成一個金榼（盛酒器）。玄宗和嬪妃、侍者都驚笑起來。仔細看，小道士以不見了。只見一個金榼（音克）覆蓋在地上。這個榼可盛一斗酒。是真的。這是集賢院中的金榼（金酒杯）。張果常常試仙術。無法全幾記下來。這裡記載，有師（「師」原作「歸」，據《新唐書．方技傳》改。

當時有一種能在晚上看見鬼的人叫夜光者。玄宗常召張果來坐在他前面。而下令夜光者來看。夜光者到皇上面前奏說：『不知道張果有在嗎？希望能視察他。』但是張果在皇上面前待久了，而夜光者卻看不見他。

還有叫邢和璞的人，很會算命術。每看到人，就布列籌碼在面前。沒多久，就能推詳該人的遠近運氣好壞，及善惡夭壽。前後所算的數目有上千數。沒有不分析嚴苛詳細的。唐玄宗對他奇怪很久了。就叫他算張果的命，運籌經過很多時間，精神都枯竭了，神態也沮喪了，還是不能定其一甲子的人生。

唐玄宗對中貴人高力士說：『我聽說做神仙的人，不論寒冷燠熱都不能侵害其身體。外面的東西不能侵污身體中間。現今張果這個很會算命的人，也不能追究其生年，看鬼的人不能看到其形狀。神仙一下子在，一下子消失了，這不是真的嗎？然而我常聽說小心喝斟鴆酒的人會死。若不是仙人，其本質必壞掉。可試飲一下。』

那天下大雪，非常冷，玄宗命人取鴆酒賜給張果。張果就舉杯飲了。飲盡三杯酒，醉醺醺的，一付醉態對左右的人說：『這酒的味道不是很好。』隨即又趴著睡著了。一頓飯的時間才醒。忽然拿起鏡子看著自己的牙齒，全都斑斑的焦黑了。就命叫侍童取來鐵如意，敲擊掉全部牙齒，隨手收在衣袋中，慢慢解開衣服，拿出一貼藥，顏色微紅光亮。張果將藥敷在牙床部位，又去睡覺了很久時間。忽然醒了，再拿鏡子照一下，他的牙齒已生出來了。而且堅固光亮潔白。比以前還好。玄宗這才相信他很有靈異能力。就對高力士說：『我得到的是真仙嗎？』就下詔說：『恒州張果先生，是遊方之外的人。所做的事跡很高尚，內心能盡入窅冥（幽暗深邃）。長久混跡在光塵（稱言對方的風采），這次應召來宮裡，不知年歲多少，可說是羲皇上人。請教他真道的中心思想內容，他會極盡能力的回答。現今要行朝禮，告訴大家他是得到寵命的，可以授他銀青光祿大夫，仍賜號「通玄先生」。

沒多久，玄宗在咸陽狩獵，捕獲一隻大鹿。稍微不同於平常的鹿。庖廚者剛開始製饌，張果看見了說：『這是仙鹿，已滿千歲。以前漢武帝元狩五年，我曾侍從他，在上林院畋獵，當時活捉此鹿，又放了牠。』玄宗說：『鹿很多呀！時間還移，朝代都變了，怎不會被獵人所捕獲呢？』張果說：『漢武帝把鹿放了的時候，以銅牌標示出在左邊鹿角下。』皇上就命人察驗。果然有銅排二吋多。但文字已模糊暗淡了。玄宗又對張果說：『年號元狩是什麼甲子干支？到今天是多少年？』張果說：『那一年是癸亥年。漢武帝開的昆明池。現在是甲戌年。有八百五十二年了。』

玄宗命太史氏校對其年歲歷史。沒什麼差的。玄宗更是奇怪。當時又有道士葉法善，也會很多法術。玄宗問他：『張果是什麼人呀？』回答說：『臣知道。

但是臣會言畢即死，所以不敢說。倘若陛下免冠跣足（脫去帽子光著腳）來救，臣就能活。』玄宗答應了。

法善說：『他是天地混沌初分時的白蝙蝠精。』說畢，七竅流血，僵臥仆倒在地上。玄宗立刻去張果的住所詣見他。真的免冠跣足，自稱有罪過道歉。張果慢慢說：『這個人有很多口上過失。不謫貶他，恐怕會敗壞天地間的大事。』玄宗又哀求很久，要張果救法善。張果用口含水噴葉法善的臉，法善就活過來了。之後，張果屢次上陳老病，乞求回恒州。皇上下詔給驛站把張果送到恒州。

天寶初期，玄宗又派遣徵召張果。張果聽了，忽然死了。弟子將其安葬。後發棺時，又是空棺而已。（出《明皇雜錄》、《宣室志》、《續神仙傳》）

37. 翟乾祐得道救人

翟乾祐是雲安人。有寬眉與廣闊的額頭。大眼睛，方下巴。身高六尺。大手有一尺多大。每次對人作揖，手過胸前。他曾在黃鶴山拜師『事來天師』。盡得其道法。能行氣、畫丹篆符籙。在陸地上可控制老虎豹子。在水中能降服蛟龍。他常常說到將來的事。無不靈驗。

有一次，他因事到夔州市，就對人說：『今天夜裡有八個人會經過這裡，要好好地招待他們。』那天夜裡失火燒掉一百多家。知道的人說：『八人就是「火」字呀！』

他每次進入山中，一大群老虎跟隨著他。他曾在江上，與十多人一起賞月。或有人問：『月亮中究竟有什麼？』翟乾祐笑說：『可隨著我的手看去。』就看見月亮掛在半天上，滿是瓊樓金闕，很久才退隱。

雲安井是從大江泝流出來的，有三十里，靠近井十五里的地方，澄清如鏡，划船舟楫沒有問題。靠近江的十五里地，都是險惡的灘石，難於順流或逆流。翟乾祐感念商人旅途辛勞，就在漢城山上，起道壇做考召之法，追逐江上的群龍，有一十四處，都化為老人，應召而來。翟乾祐曉諭大義，以灘波危險，會害人損失物品，勞命傷財，使他們皆能恢復平靜。一夜之間，風雷狂震電擊，十四里都變為平潭了。只有一灘照舊，可是龍也不來了。翟乾祐又嚴格的敕令神仙官吏去追查。

又過了三天，有一個女子來了。責備她不聽取徵召。女子說：『我所以不來，是要相助天師大開濟物之功的美意。而且富商大賈很有能力，但是做苦力活的人，能力就不足了。雲安的貧民，從江口載貨物到靠近井潭之處。他們要養活衣食的人多。今天如果輕舟有利涉水，平江無虞，但郡邑的貧民，沒有受雇的地方，斷絕衣食之路，困苦的人多了。我寧可有險灘來養這些搬運的傭工，也不想用便利的船去載富商。所以沒來，原因在此。』翟乾祐聽了覺得有道理。就叫各種龍回到原來的位置。傾刻就是風雲大動，而長灘跟以前一樣。

唐天寶年間，翟乾祐應詔赴上京。受到很好的待遇。一年多返還原來的山，尋得道之路而去。起先，有蜀地的道士佯裝發狂。俗稱為『灰袋』。這是翟乾祐晚年的弟子。

翟乾祐常告誡其徒弟說：『勿欺此人，吾仙不及。』常在大雪中，穿布裙，進入青城山。天暮時投宿寺廟，求僧人給他寄宿。和尚說：『貧僧只有一衲而已。天很寒冷，這樣恐怕無法相互一起活命。』

道士就說：『給我一床就夠了。』

到了半夜，雪深了又起風，和尚憂慮道士已死，就去看望。離床數尺，有熱蒸氣像火爐在燒一樣。道士流著汗，袒露著身體在睡覺。和尚這才知道他是奇人。

天未亮，道士不辭而別。他多住村落，每住人家，人就愈相信他。他曾得口瘡的病，數月都不吃飯。像是快死的狀態。村人常拜他，就為他設道齋（素齋）。齋散席後，他忽然起身跟眾人說：『試看看我口中有什麼？』就張口像畚箕一樣。結果五臟都露出來了。大家都嚇到了。作揖問他，他只說：『這真不好！真不好！』後來不知所終。（出《酉陽雜俎》、《仙傳拾遺》）

38. 許老翁借天衣阻為妾

許老翁者，不知是什麼人。他隱居在峨眉山。不知道年代為何。

唐天寶年間，益州士曹（地方胥吏）柳某人的妻子李氏，有絕代的容貌，很美麗。當時的節度使章仇兼瓊，剛得到吐番的安戎城。就派遣柳某送物品到安戎城所在去。三年都沒復命。其妻李氏住在官舍中，數重門都沒開。忽然有裴兵曹前來叫門詣見。說是李之中的表丈人。李氏說：『我沒有姓裴的親戚。』不讓開門。裴就說李氏的小名。又說其中的是外氏族（不同祖仙的氏族）。李氏才命人開門揖拜。也就吃餐食了。

裴兵曹的人外貌品質很優雅。他問柳郎去多久了？答說：『已三年了。』裴兵曹說：『「三年義絕」是古人所說的，今天要如何呢？而且丈人（李氏父）與子（李氏子），都希望他們倆結城伉儷（夫妻），希望不要拒絕。』

李氏竟為裴姓男子所迷惑，像是不拒絕而由人可否。裴兵曹也就娶了李氏。

而章仇公聽聞李氏的美貌，想暗中探察查。就下令叫自己的夫人特別設筵席宴會，要所有的府縣官吏之妻，全都聚集。只有李氏以夫婿在遠方未歸而辭謝沒去。章仇公的妻子認為必須要見。就說：『一定要來，不要苦苦推辭。』李氏害怕責備就去了。她穿著黃色的絲羅，銀泥的裙子。五彩絲羅銀泥的衣衫。單絲羅紅地銀泥帔子（絲質披肩），全都是盛服出席。

裴兵曹看了衣服而嘆息說：『世間的服飾，沒有比這套更華麗的了。轉頭叫小僕：『可回去開箱，取第三套衣服來。』李氏說：『不給我第一套，而給我第三套衣服，是為何呀？』裴兵曹說：『第三套已不是人世間所有的了。』一會兒，衣服拿來了，滿室充滿奇異的香氣，裴兵曹又再看，笑著對小僕說：『衣服是需要的。倘若章仇不知道，但怕徐老翁是知道的。』就登車去節度使家。

章仇公夫人和賓客坐在一起。大家都下階向夫人致敬禮。李氏既然穿了天衣，容貌更是特殊美麗，看到的人都愛她。坐定以後，夫人命人去跟章仇公說：『地方胥吏的妻子，容貌裝飾有絕代之姿。』章仇就直接來堂院中，要大家不必起身，看見李氏的服飾，嘆息了很多次。又借帔巾來觀看，知道不是人間的凡品。用水火試驗一下，也不會被焚燒或沾汙。就留李氏問話。李氏俱實的陳述事情原委。

章仇公派人到裴兵曹的居所去找人，他卻不見了。章仇兼瓊換了朝服進宮上奏許老翁之事。

皇上敕令要他用計去求許老翁。章仇公覺得神仙輩有往來，必會在藥市出現。就令藥師在藥市等候許老翁的出現。經過四天，才找到他。起初有小童去市集賣藥。藥師知道是許老翁的徒弟，就拿惡藥給他。小童走了又回來，說：『大人生氣這個藥不好，要鞭打我。』就問他大人是誰？童子說：『是許老翁。』藥師很高興，把童子帶到白府。

章仇公下令強壯的兵士一百人，兵吏五十人，隨著小童一起去山裡。並且下敕令。山峰很陡峭，有巖壁。眾人都不能上去。小童則在山下大聲呼叫。一會兒，許老翁從石壁中出來。問說：『何故帶領這些這麼多人來？』小童俱實說清楚此事。

許老翁問小童：『為何不回來？』小童就冉冉的踩著虛空而上升石壁。

眾官吏在底下扣頭哀求說：『士大夫之兇暴，老翁你是知道的。』

徐老翁就答應一起去。他跟眾官吏說：『你們先返回府去等，我隨後就來。』等吏卒都回到府第不久，許老翁也到了。

章仇公看見他，就匍匐在地上，再三禮拜。許老翁臉上沒有尊敬的顏色。章仇公就問娶李氏的是誰？許老翁說：『她是上元夫人衣庫的仙官，俗情未了。』章仇求請徐老翁跟他一起去謁見皇帝。徐老翁說：『去也不難，但是去長安會與奏事者日期相沖。先他們而到，會有詔令去引見。』

唐玄宗對許老翁很恭敬的禮拜。坐下後，問說：『管倉庫的官吏有罪，天上仙府知道嗎？』

許老翁說：『那人已經被流放到人間做一個國主了。』又問他：『那衣服究竟如何？』（指李氏所穿的衣服）許老翁說：『把衣服放在清淨的席座，就會有人來取。』

皇帝敕令的人去放衣服，狀況果然如他說的。起初看不見人，但有一股旋風把天衣捲起入雲霄。左看右看之間，許老翁也不見了。（出《仙傳拾遺》）

又有一說是：天寶年中，有士人崔姓的人，在巴蜀做兵尉。才到成都就死了。當時的當時的連帥章仇兼瓊，憐憫他的妻子年輕無所依靠，就在青城山下購置一座別墅。又因其美貌，有納妾的意思。正在想計謀，就對他夫人說：『你貴為諸侯的妻子，為何不做一桌豐盛的筵席，邀請女客。在五百里的的人，都很歡迎。他的夫人很高興。兼瓊就命令衙官，報告在五百里內的女郎，那天在成都相會。意圖只是方便留下已死兵尉的妻子。不說自己是為強擄盧生納妾的意思。盧生暗地知道兼瓊的意圖。叫兵尉的妻子稱病不去。兼瓊大怒，叫左右一百騎兵去拘捕他們。

族舅盧生剛在吃飯，兵騎已環繞宅第。盧生談笑自若，一點不介懷。吃完飯，跟妻子說：『兼瓊的心意可以知道了。夫人不可不走。一會兒，就會送素色衣服來，你就可以穿了去。』說完，盧生騎騾出了門。兵騎在前面不能擋住。他就慢慢走了。追也追不上了。忽然有一小童捧著箱子，內有舊青裙、白色衣衫、綠披肩、紅色的絲羅、素色的絹布，都不是世間人所能做出的。兵尉的妻子穿上服飾到成都。眾女郎都先到了。兼瓊在簾帷下偷窺。到兵尉的妻子進入堂室。全身光彩奪目，射出美麗的顏色，使人無法處正視她。在座的人都被震攝住而屏住氣了。不知不覺得起身敬拜起來。兵尉的妻子宴會結束後回去。三日就卒逝了。兼瓊大為害怕。上奏給皇帝。

玄宗問張果。張果說：『知道！不敢說而已。可以請問青城王老。』

玄宗就詔見兼瓊，去尋訪王老進見。兼瓊搜青城山前後，並無此人。只有市場賣草藥的人說：『常有二人來賣藥，自稱是王老所使喚的人。』二人到了，兼瓊命令衙官跟隨他們，走數里路進入山中，到一草堂，王老是滿頭白髮的人，在几後正坐。衙官進入宣詔，又告訴他兼瓊的意思。王老說：『這一定是多嘴多舌的兒子張果了。因為跟兼瓊剋期到京師，叫他先發表，不肯代為轉陳，兼瓊答應了。中使才到營台，王老也到了。玄宗立即詔他來問，那時張果還在玄宗旁邊，看見王老，惶恐的再三揖拜。王老斥喝張果說：『你這個小子，為何不說緣故，又從遠處把我叫來。』

張果說：『小仙不敢，專門等候仙伯來說此事。』

王老向玄宗奏說：『盧二舅就是太元夫人掌管官庫的人。因休假下人間遊玩，看亡故的兵尉妻子有一點仙骨。就納為妾室。奈何，盜太元夫人衣服給她穿，已受很重的謫貶。現今為鬱單天子了。已故兵尉之妻，以穿太元夫人的衣服，已墜入無間地獄了。奏畢，苦苦哀求，不願留下來。玄宗就命令放他回去。後不知去哪裡了。（出《玄怪錄》）

39. 李玨入相，習胎息之道

李玨是廣陵江陽人士。也居城市之中，自己以從事販賣穀物的行業。李玨的性格端正嚴謹，和一般人不一樣。十五歲時，他的父親去做其他行業，要李玨自己專門從事販售事業。當別人有穀要賣的人，要與要買賣的穀物的人，李玨則給他升斗。要他們自己量秤斤兩。不計較時價的貴賤多寡。一斗只賺兩文利。以養活父母。年歲久了，財積多了，衣食甚豐厚。父親很奇怪的問他，他就據實以對。父親說：『我做的買賣事業中，同行中沒有不用升斗來做怪的。賣出的時候輕，買入的時候重。來賺取厚利。雖然是非黑白以時間久遠就能敲定，但是最終不能斷絕貪婪的弊害。我都用以參升斗出入，自己以為沒有偏差。你會今天更改出入法，讓客人自己稱量，這是我做不如你的。但是這樣也能衣食豐厚，豈不是有神明之助嗎？』

後父母去世了，到李玨八十多歲，仍然沒改行。

剛好李玨出來做宰相，管理節制淮南地區。這位李玨和新的節度使同名，用此名，會使自己非常吃驚。他就自己改名『寬』。

節度使的李玨下車後數月，修道打齋。在夜裡做夢，進入一個洞府中，景色是春天，煙花爛漫、鸞鳳飛翔，鶴在飛舞。還有彩雲瑞霞，連延的樓閣。

李玨獨自一人停在樓閣下，看見樓閣的石壁很光滑晶瑩。上面有填金寫的字，列出人的姓名。好像有李玨。字長二尺多，李玨看見非常喜悅。

自己說是生於明代，做了很久的高官，又昇上宰輔之職。會對天下沒有功德嗎？現在洞府上有名字，我必定為仙人了。他內心再三高興。正在高興之際，有兩位先仙童從石壁的左右側出來。

李玨問他們：『這是何等處所？』回說：『華陽洞天。這個姓名並不是相公你的。』李玨一驚，又問：『不是李玨的，是何人的？』

仙童答說：『此相公是江陽的部民。』李玨就知曉了。他把這些事都記起來。心裡驚嘆，去找道士問，也沒有知道的。又想去試著找江陽官吏來詰問，也沒也沒人知道。就在府城內求訪同姓名的人。

數日後，軍營和里巷中相推問，最後得出李寬的舊名叫『李玨』。就去找這個李玨。用車去迎回他，安置在靜室中。並且每日齋沐拜謁，稱為道兄。一家人都很尊敬，朝夕對他參禮。

這位又叫李寬的李玨，外貌安靜恬澹，奇異的清秀。鬍鬚有一尺多長，白的可愛。年紀有六十歲。曾經有道士教導他胎息大法。也可以很久不吃東西。李玨更敬佩他了。到了一個多月，就問他說：『道兄你平生得到什麼道術？服用何種藥物？玨曾夢入洞府，見石壁姓名，仙童所指的，是來迎請您做老師的事情。希望你能相授給我。』

李寬推辭說不知道術和服藥的事情。李玨又虔誠膜拜，再問李寬在修何種道術？李寬又推辭說愚民不知道所修為何？只是在販賣穀物而已。李玨再三審問，李寬就嗟嘆說：『這是常人所做的難事，陰功也做不到。』又說：『要知道世上的一動一靜、一食一息，全都有報應。要不停的積德行。雖在貧賤的時候，也會有神明的護祐。名書仙籍上所記載的事，是警戒紅塵俗世的人的。』

又請教他胎息大法和不食五穀的原因，都據實以對。李玨就拜師學他的胎息大法，也不食五穀。

李寬到一百多歲，身體輕又健步，超出常人。有一天，忽然告訴子孫說：『我寄居這個世上很多年了，雖然自己養氣，但對你們是沒有益處的。』到晚上就卒逝了。三日後，棺材有裂開的聲音，過去看，其屍體衣服完整，就像蟬蛻脫殼一樣。已經羽化屍解了。（出《續仙傳》）

40. 章全素渡化蔣生不成

吳郡有個蔣生，喜好神仙之術。年紀小時就離家，隱居在四明山下。曾從道士學煉丹之術。就架蓋鑪鼎，點薪鼓風，用十年的時間，但煉丹不成功。之後又遊歷荊門，看到在市集上行乞的人，膚色黑色，是因病的顏色，果然是生病了。寒冷的不能說話。

蔣生憐憫他窮困，解下裘衣給他穿，又叫人侍奉左右照顧他。問他的家世。回答說：『我是楚人章氏的兒子，名字叫全素。家住南昌。本來有肥沃的良田數百畝。但遇到飢荒年，流落遷徙到荊州這裡了，而且已十年了。田被官府徵收了。自己身體有病不能提振，幸而君子你可憐我，而使我容身。』

於是和蔣生一同回到四明山下。但是章全素很懶惰，常白日睡覺，自己很隨便。蔣生常打罵他不計其數。蔣生有一塊石硯在桌几上。

有一天，章全素跟蔣生說：『先生你是喜好神仙的人，學煉丹很久了。把仙丹吃下，則骨頭可化為金子。這樣哪有不長生不死的呢？現今先生的神丹，能把石硯變成金子嗎？如果可以，我就認為先生你是具有道術的道士。』

蔣生自思無法做到，心裡很慚愧，就以其他的話來拒絕他，說：『你這個庸材，怎能知道神仙的事呢？如果妄言，自然會得到鞭笞責罵的侮辱。』章全素笑笑就走了。

之後一個多月，章全素由衣服中取出一小瓢，對蔣生說：『此瓢中有仙丹，能化石為金。希望能用先生的石硯，用一刀圭(中藥一顆綠豆大)綁在上面，可以嗎？』

蔣生性情輕率，而且以為荒誕狂妄，就臭罵說：『我學煉丹十年了，還沒有能窮盡其玄妙訣竅，庸笨的人怎敢跟我喋喋不休呢？』章全素佯裝害怕不應對。

第二天蔣生獨自來到山水間，命令全素看守屋舍。於是關門上鎖而走了。到晚上返回，則看見章全素已死了。蔣生就用竹蓆遮蔽屍體。命人把棺材抬去葬在山野。到了撤去竹蓆，而全素的屍體已不見了。只有冠帶衣服鞋履還存在。

蔣生太驚異了，並以為他是神仙得道。又到桌子上看石硯，也不見了。蔣生更奇怪了。

下一日，蔣生看見藥鼎下有光亮，蔣生說：『難道是我的仙丹嗎？』馬上到灰燼裡查看，找到石硯。石硯上有一吋多已化為紫金，有晶瑩的光。這是章全素的仙丹所化的。蔣生才悟出全素果然是仙人。只恨自己不能識得。更加自慚形穢。其後蔣生學煉丹還是不成。竟死在四明山。（出《宣室志》）

41. 王賈以道術治狐斬狸

婺州參軍王賈，本來是太原人。還家到覃懷，而祖先的墳壟在臨汝。王賈年幼就很聰穎。不曾有過失。很安靜少說話。十四歲時，忽然對諸兄長說：『不出三日，家中恐有災，而且有大喪。』

在第二日的時候，家宅起火，延燒到廳堂屋室。年老的祖母震驚害怕，自己撞到床舖而卒逝。哥哥把王賈的話告訴父親。父親叔伯一起審訊王賈。王賈說：『是由卜筮而得知的。』

後又跟父親叔伯說：『太行山南邊，沁河灣澳內，有兩條龍居住在那兒，要認識真籠，可以一起去觀看。』

父親與叔伯生氣的說：『小子！你喜歡說詭異的話嚇人，應當受到鞭笞！』王賈跪著說：『真的有！故請觀看一下！』父親叔伯生氣的說：『小子！愛鬼辯！』但同行而去了。

王賈要求帶雨衣，於是到泌河浦深處時，王賈下水，用鞭畫水，水分開，下面有大石。兩條龍盤繞著，一白一黑，各長數丈。看見人就沖天而走。父親叔伯大驚。看了很久。王賈說：『既然看見了，就回去吧！』就揮鞭使水合起來，和以前一樣。這時天昏地暗，雲霧昏黑，雷電也閃起來了。

王賈說：『父親叔伯駕雲駛去吧！』未到一里多路，傾盆大雨注下。這時知道王賈不是普通人。

王賈十七歲，到京師考取孝廉。擢第後，就娶清河崔氏。後來又被選做婺州參軍。返還經過東都，王賈母親的表妹，已死了很多年，常在靈帳發言說話，處理家事。他的兒女童僕都不敢做壞事。每次索求飲食吃喝和衣服之類，也有求必應。否則就打罵。親戚都覺得怪異。王賈說：『這必是妖孽！』就去造訪姨母的宅院。要弔唁姨母和他的兒子。

先是姨母對諸兒說：『明天王家外甥來，一定不能讓他進來。此小子是有大罪過之人。』王賈到了門口，不讓進去。王賈就召老蒼頭（老傭人）說：『你們宅內說話者，不是你們的主母，是妖魅！你先私下和你主人說，讓他引我進入宅內，我會幫他除去妖孽。』家人素來以此事為病，不敢言。就暗地裡告訴每個兒子。諸兒郎也醒悟了，邀王賈進入家裡。

王賈祭拜弔唁完畢，就向靈前說：『聽聞姨雖亡故了，卻有大神在身，說話和以前一樣。今天才來謁見姨母。你為何不與我說話呢？』裡面不應聲。王賈又邀她說：『今天來謁健您，姨母若不說話，我就不回去了，就留在這裡了。』

妖魅知道免不了了，就在帳中說道：『外甥你比以前好嗎？以前別後，我們生死兩界相隔，你不忘記我，還能相訪，我慚愧得不知說什麼了。』就一邊說，一邊哭泣。這些都是姨母平常的聲音。諸位兒子都聽了大聲哭泣。姨母命令準備饌食。坐在王賈對面，命人添酒相對而飲。十分慇懃。

喝醉後，王賈請求說：『姨母既然有神異能力，何不讓王賈看一下真形？』

姨母說：『幽冥是不同道路的，為何要相見？』

王賈說：『姨母不能全形出現，請露出半面，不然，露出一隻手或一隻腳，讓王賈看一下。如果不顯示出來，我也終不走的。』

妖魅被苦苦邀約，就現形左手，手指也很靈活。是姨母的手。她的兒子又大哭了。王賈上前拉著她的手。姨母驚叫諸兒子說：『外甥無禮了，為何不舉手打他？』諸兒聽了沒進帳。王賈拉著她的手，將她撲倒在地。那妖孽哀叫很大聲，撲了數次就死。原來是隻老狐。形體顯露了，裸體無毛。命人用火焚燒掉之後，就沒有靈語了。

王賈到婺州，到東陽辦事。縣令有女兒，得到病魅有數年時間。醫生無法醫她痊癒。縣令邀王賈到宅院，設置香茗饌食，而不敢說話。

王賈知道了，跟縣令說：『聽說你有女兒病魅，應當除去為佳。』就用桃符放置在臥床前。此女兒見到桃符一面哭泣一面罵。一下子就睡熟了。有一隻大狸貓被腰斬了，死在床底下。疾病就停止了，好了。

那時，杜暹為婺州參軍。與王賈是同事，相處的很好。王賈與杜暹和部領，一起出使洛陽。過了錢塘江，登上羅剎山，觀看浙江潮。

王賈跟杜暹說：『大禹是真的聖者，在治理大水時，所有的金櫃玉符都拿來鎮住大川。倘若此杭州城不鎮壓，可能會陷落了。』杜暹說：『如何能知道呢？』王賈說：『此石下面是，可以讓你觀看呀！』就叫杜暹閉眼，拉著他的手，叫杜暹跳下去。杜暹忽然閉目，已到水底了。

在空曠處像廳堂，有高一丈多大石櫃，王賈開其鎖，去掉蓋子。帶領杜暹一同進入櫃中，這裡又有一個三尺高的金櫃。有金鎖鎖著，王賈說：『玉符在其中了，但世人是無法見到的。』杜暹看畢。又拉著他的手，叫他騰跳出。杜暹一躍就到岸上了。

既然與杜暹交往熟識了，就告訴杜暹說：『你有宰相的祿位，應當自己保護愛護自己。』就把他拜官的歷程、歷任、以及壽命年歲長短，很詳細的告知他。杜暹後來還官拜相，都像他說的一樣。到了吳郡，停船回家去。

王賈的女兒夭死了，只有五歲。母親很哀痛的撫屍痛哭。而王賈不哭。杜暹尊重王賈。彼此都見了對方的妻子，像一家人一樣。於是王賈當著妻子的面，對杜暹說：『我是第三天人。因為有罪被貶謫，要做世人二十五年。現今已滿期了。後天要走了。此女兒不是我的小孩。所以早夭。妻子崔氏也不是我的妻子。她是吉州別駕李乙的妻子。機緣時間沒到李乙該娶她的時候。本來世人都有家室，所以司命暫時以她做我的妻子。我今天期滿了，妻子就要過給李氏了。李乙有三品祿位數任，會生五子。世人都不知道，為何要白白哭泣呢？』

賈妻很久就知道其夫婿是靈異之人，就停止哭泣向他請求說：『我年輕正茂，你如何捨得？並且夏暑之月在旅途中，零丁孤苦，請求送到洛陽，能得棲息之所。

在旅途上的人，都會憐憫人，何況是同是家室之人，怎麼就突然遺棄呢？』

王賈笑而不答。就命人造棺，把亡女放在其中，放到船下。

又囑付杜暹自己的身後事，說：『我死後要用素棺，用漆把縫填住。先到祖先的墳塋，就把我和女兒皆祔在墓上。大殮後就走。有使者到宋州，崔氏伯任宋州別駕，會留宿其侄兒。聽著，到初冬時分，李乙必會有計劃入京，與崔世伯相見，他是崔氏伯的故友，因此會求婚。崔別駕以侄女給他做妻子。大事已定了。』

杜暹就聽了。王賈妻日夜涕泣，請他多留幾天。王賈始終不答應。到日子了他就沐浴換新衣。黃昏時朝杜暹，相對談話。過一會兒，就躺臥下來，就死了。

杜暹哭得很傷心，為他製朋友的喪服，照王賈說的殮喪他。等王妻走到宋州，崔別駕果然留其侄。杜暹到臨汝，就厚葬王賈及他的女兒。

這年冬天，李乙到宋州，崔別駕就把女兒嫁給他為妻了。杜暹後來做宰相，經歷中外等事，都如王賈說的一樣。（出《記聞》）

42. 北山君救顏真卿、抗節輔主、勤儉致身

顏真卿字清臣，是瑯琊臨沂的人士。他也是北齊黃門侍郎之推五代之孫。幼年就很勤學。舉進士，累登甲科。顏真卿十八、九歲時，生病臥床一百多天。醫生都醫不好。有道士經過其家門，自稱是北山君的人。拿出丹砂像米粒幾粒救了他，馬上就痊癒了。並對他說：『你有清簡的名聲，已標誌在金台。可以度化世人。在天上候補仙官。不適宜自己浮沉在官宦名聲的苦海裡。若不能擺脫塵世的蛛網，去世之日，可以用你的形神練成陰功。然後可以得道昇天。又給他一粒丹藥。警告說：『你必須力抗保節輔助主君，身體力行勤儉。百年以後，我會在伊水洛水之間等候你。』

顏真卿對自己的才氣很自負。就等候被主上大用。在吟詩閱讀的空閒時間，常留心仙道之事。後來科第考中了，做了監察御史，暫充河西隴左軍屯交兵使。五原地方有冤獄，很久都不能判決。

顏真卿到了，馬上明辨辨案。當時遇到大旱，冤獄判決後就下雨了。當地郡人稱為『御史雨』。

河東地區有一個叫鄭延祚的人，母親死了二十九年。葬在僧舍短牆外的地上。顏真卿彈劾上奏他。他的兄弟三十年都不齒與他來往。此新聞使天下聳動。後來他升官為殿中侍御史武部員外。楊國忠生氣顏真卿不親附於他。就派他去做平原太守。安祿山造反的心很顯著。顏真卿假托須要霖雨。修葺城牆開浚溝濠。暗地裡準備兵丁壯男。實則儲藏糧食廩庫。假裝命令文士墨客去一面泛舟，一面飲酒賦詩。安祿山密秘偵查他。以為顏是書生，不足以懼。沒多久，安祿山造反，河朔地區都淪陷了。只有平原城有準備。就出使司兵參軍快馬稟奏皇帝。玄宗高興的說：『河北二十四郡只有真卿一人而已。朕恨沒認識他的長相。』

安祿山攻陷洛陽，殺了留守官李憕。用他的首級去招降河北。顏真卿怕動搖人心，就殺掉來使。更對諸將領說：『我認識李憕，這個首級不是他的。』過了很久，為首級加冠裝飾，用草紮做身體，裝在棺材中葬了。

安祿山用兵士守士門。顏真卿的哥哥杲卿(音搞卿)，為常山太守，一起破了士門。十七郡同一天歸順。又推顏真卿為將帥，得到兵將二十萬，橫掃燕趙等地。

下詔又加他戶部侍郎平原太守。那時清河郡來的客人李萼，在軍隊前謁見。顏真卿與他一起研究經略戰法。在堂邑地方共破安祿山黨羽二萬多人。

唐肅宗臨幸靈武，下詔授予顏真卿工部尚書御史大夫。顏真卿在鳳翔小道上，朝向靈武跪拜。接著又拜憲部尚書，又加御史大夫。他時常彈劾不法。上奏使不佳官吏黜官。如此朝綱振奮。連結法律到蒲州、同州，都有遺愛受惠。

顏真卿為御史唐實所搆陷。被宰相所忌憚。貶到饒州刺史。又升到昇州浙西節度使，徵召為刑部尚書。接著又被李輔國說壞話，貶到蓬州長史。

唐代宗嗣位了。顏真卿拜利州刺史，入京為戶部侍郎、荊南節度使。尋除右丞，封魯郡公。宰相元載，私自樹立朋黨，害怕朝臣說他壞話，奏令百官凡欲論事，皆先上報長官，長官報告宰相，然後上承皇上。顏真卿奏疏極言制止。又因涉入祭太廟的事，以祭器不整修被議論。元載以他會誹謗朝政，把他貶官為硤州別駕。後又恢復撫州湖州刺史。在元載被誅殺後，顏真卿拜刑部尚書。代宗駕崩時，顏為禮儀使。又以高祖以下七聖。謚號繁多。他上議請取初謚為『定』。又為宰相楊炎所忌憚，不准。顏又改任太子少傅，暗中奪他的權力。又改為太子太師。

當時李希烈攻陷汝州。宰相盧杞，素來忌怕顏真卿的剛正，要從中陷害他。上奏皇帝說：顏真卿的德行高，為四方所瞻仰。讓他去出使下詔給李希烈，就能兵不血刃，而能平定大寇。皇上聽從了。要開始行事，朝野百官大驚失色。李勉聽到了，以為損失一個國之大老，讓朝廷蒙羞，密表請皇帝留住顏真卿。又派人逆著路去擋他，沒擋到。

顏真卿就見到李希烈了。剛開始宣召聖旨。李希烈的養子帶著一千多人，拿著刀爭先恐後的要殺顏真卿。在叢叢圍繞的詬罵聲中，他仍神色不變。李希烈用身體遮護著顏真卿，進入館舍。李希烈擺宴給其黨人，召顏真卿坐著觀看。使娼優等表演者來講怨恨誹謗朝政的戲碼。顏真卿發怒說：『相公你是臣子，怎能驅使小輩做如此的事？』立即起身。

李希烈讓人問顏真卿朝廷儀制的問題。回答說：『老夫老了，曾掌握國禮。只記得諸侯朝見之禮。』之後，李希烈叫人把柴薪放置庭院中，以油澆上。叫人跟顏真卿說：『你不屈節投降，就必須自焚。』顏真卿毫不猶豫地投身到火中。這些逆黨又救他。顏真卿自己作儀表、墓誌祭文。表示必死的決心。賊黨把他縊死（勒緊脖子而死）這是興元元年八月三日。

顏真卿活了七十七歲。朝廷聽聞消息，停止上朝五天。給他謚號是『文忠公』顏真卿是四朝的元老，有極高的德性。正直敢言，老了也很強壯。被盧杞所排擠。被深陷賊人的災殃，天下人都為他叫冤屈。《別傳》說：『真卿將要縊死之前，解開金帶留給使者說：『我曾修道，以其形體完整為優先。吾死之後，只割我的四肢的血，放在我喉嚨中，以繩纏繞脖子，則我雖死，而沒有遺憾了。』來縊死他的人就照他的話做了。

顏真卿死了，又收葬完畢。叛賊平定了。顏真卿家屬將他還葬於上京。打開殯棺一看，棺材腐朽了，而屍體還很完整，肌肉像活時一樣，手足還柔軟。鬍鬚頭髮青黑。他握著拳打不開，指甲都超出手背。遠近的聽聞者都十分驚異。他們將棺運回，走在路上，棺材的重量慢慢減輕。到達安葬的地方，只剩空棺而已了。《開天傳信記》有很詳實的記載。

《別傳》又說：顏真卿將要去蔡州，跟他的兒子說：『我跟元載都服用了上等的丹藥，他被酒色所敗壞，所以道法不及我。這次去蔡州，必會被賦賊所殺害。之後可將我葬在華陰。打開棺木看時，必定會使眾人驚異。於是開棺，果然看見奇異的事。道士邢和璞說：『這就是形仙的人啊！雖然藏在鐵石中，練形期數滿了，就會擘裂棺木飛出去了。』

其後十多年，顏氏的家族，自雍州派遣家僕到鄭州，去徵收莊租。又回轉洛京。此家僕偶然到同德寺去拜神，看見顏公穿長白衫，張開寶蓋，在佛殿上坐著。僕人想上前拜他，公就轉身走了，仰看佛壁，還有左右侍者相隨。始終不讓僕人跟他見面。顏公就出了佛殿，出寺去了。僕人也跟隨他。逕自回到城東北隅的荒野菜園中。有兩間破屋，門上懸掛竹簾。顏公便揭開竹簾而進入。僕人就隔著簾子隔空，公說：『何人？』僕人自報名字。公說：『進來！』僕人入室又拜。一會兒想哭，公制止他。就問一、兩個兒侄輩的人。公從懷中掏出黃金十兩給僕人。幫助家裡的資費。叫僕人快速回去。回去後別跟人說。以後家中缺錢，就再來。

僕人返還雍州。家裡的人都大為驚奇。賣掉金子，是真金啊！顏氏便到市集上買鞍馬與僕人急速來省親覲見。又到前說之處，但滿眼荒蕪，什麼都沒有。當時的人都說顏公屍解羽化昇仙得道了。（出《仙傳拾遺》及《戎幕閑譚》、《玉堂閑話》）

43. 韋弇訪蜀得玉青真人之寶

韋弇（音眼）字景照。開元時期，考進士不第，去蜀地遊玩。時間是快春天末期。美景還很多。他與朋友尋花訪異，每天都只為遊玩宴會。

忽然有一天有邀請的人說：『郡南十多里地方，有鄭氏林亭，花卉很茂盛，有出塵的仙境之勝地。希望能相偕遊玩。』韋弇很高興就一起去了。

果然在南方十里地，有鄭氏亭。有整齊端正巍巍的房室。屹立橫在眼前。山門有花鬭徑，曲徑幽遠，紫煙輕豎。瞇著眼望過去，真是來不及看。真是紅塵外的景色啊！

忽然帶韋弇上到巨大亭子上面，看到迴廊環繞，用珠玉裝飾。真不是人世間所有的。又引見十幾位仙子，左右侍衛，都穿得豪華的裙子，美麗的裝扮。也不是平常世界所看到的景象。其中有一人與韋弇說話。韋弇全部都打揖拜見。

又及詰問他。美人說：『聽聞先生西遊蜀郡，歷訪佳景。溫暖的春天將盡了。

花卉還很芳香妍麗。希望一醉方休。不要懷疑沒什麼可款待你的。』就坐下，開始飲酒聽音樂演奏。室內的陳設、美味佳餚饌膳，奇珍異果，都不是世間可嚐到的。絲竹樂器、雅音清唱，也不是人世間可以聽到的。

韋弇趁演奏空隙間說：『我在上國遊歷二京城，也看到皇帝的宅第很尊嚴。王侯家很繁盛。這些都見過。今天所看到的，也是不可相提並論的。然而女郎你為何做如此貴的筵席呢？』

美人說：『我不是人間的人，這是玉清仙府。剛才奉召來此，是借鄭氏之亭一用。我有新的樂曲，名字為《紫雲》。現今天子奉信神仙之道，我要把此樂曲傳授給你，由你貢獻給聖唐的君主。以此事相託你，可以嗎？』

韋弇說：『我是一介儒生。在長安城中，區區於九陌（九條街道）之上，只是一個普通人，望著天子的門而不可見。又不是知音者，倘若要貢獻新曲，是做不到的。』

美人說：『你既不能，我會託夢給天子。然而你已到此地了，算是與道有緣份。願意用三寶物贈送給你。你把它賣了，可有一生的富有了。』飲完酒就命侍者拿出一個杯子，稱之『碧瑤杯』。光瑩透徹。又拿出一枕，稱為『紅蕤枕』。

像似玉又是栗色。有微紅條紋，光彩瑩朗。又拿出一件『紫玉函』。像是布做的。光彩超過玉。全都送給韋弇。他拜謝後就離去了。

走了不到一里路，回顧亭子，只是荒野而已。他就帶著寶物進入長安。第二年又不第，沒考上。向東遊歷廣陵，胡人商人來詣見韋弇。要看他的寶物。他出示給他看。胡商跪拜然後說：『這是玉清真人的寶物。千萬人都看不見。相信天下真有奇貨異寶啊！』胡商以數十萬金子跟他交易，買走了。韋弇就大富了。就在江都建築房屋居住，竟然不求功名聞達，也不知所終。

後數年，玄宗夢到十多個神仙。手持樂器聚集在庭院中，奏曲來傳授玄宗。並要求將此樂作為中原正始之音。曲名是《紫雲》。早晨起來，玄宗就用玉笛吹奏練習，傳授給樂府。這件事是符合韋弇的際遇的。也是仙女想讓韋弇上奏的曲子呀！（出《神仙感遇傳》）

44. 馬自然白日昇天

杭州鹽官地方，有一個叫馬湘的人，字是自然。他家世代為縣城的小吏。而馬湘自己獨自喜好經史類，專攻文學。練氣治道術。遍遊天下，最後回到江南。他常在湖州醉酒，曾經墜落霅溪，經過一整天才出來。衣服也不會沾濕。他坐在水上說：『剛才被項羽相召去飲酒。快大醉了，才返回。』溪濱觀看的人多的都堵住了。他還酒氣沖人，形態瘋狂。路人都隨便看他。

他時常把拳頭塞到鼻子，又拿出來拳頭，鼻子完好如初。他又指著溪水，讓溪水倒流一頓飯的時間。他會指著柳樹，命它隨著溪水來來來去去。指著橋叫它斷了又能變好。

後來遊歷常州，會見唐的宰相馬植。馬植被貶謫官位，考量改做常州刺史。他幸聞馬湘的名聲，就邀相見。召延他的禮數很奇怪。

馬植問他：『有幸與道兄同姓。想成為兄弟，希望能得到你的道術可以嗎？』

馬湘說：『相公你有什麼希望嗎？』

馬植說：『扶風。』馬湘說：『相公是扶風，馬湘則是風馬牛。只是相知曉一點，跟同姓沒關係。』意思就是與馬植風馬牛不相及的意思。

馬植留馬湘在郡齋中，更敬佩他。飲食數次，馬植請求馬湘展示小道術。馬湘就在宴席上，以瓷器盛土種瓜，一會兒蔓藤牽引，生花結實了。讓眾賓客取食瓜肉，大家都說很香美。和一般瓜不同。

馬湘又在遍身和襪子上摸錢，所拿出的錢不知有多少。去擲都是青銅錢。把他們撒在井中，呼叫他們又一一飛出。有的人有收取錢，一下子又不見了。

馬植說：『此城中老鼠極多。馬湘畫了一張符，叫人貼在南壁上，以筷子敲擊盤子長嘯。鼠成群而來。走的時候就在符下俯伏著退回。

馬湘呼叫老鼠，有一隻較大的老鼠靠近階前。馬湘說：『你這個毛蟲微小生物，每天給你米粒食物，為何穿牆洞在屋室中城穴居。日夜侵擾。相公用慈憫心對你們，沒能殺盡，你們最好一起離開此地。大鼠就迴轉，群鼠向前像扣頭謝罪的模樣，然後就排成隊伍，不知其數目出城門去了。自那以後，城內就老鼠絕跡。

之後南遊越州。經過洞巖禪院。有三百個和尚剛在齋戒。而馬湘與婺州永康縣牧馬巖道士王知微，及弟子王延叟同行。僧人見馬湘單腳蹲在哪裡兒吃飯，沒有敬拜他的人，但是會給他飯。馬湘不吃，催促知微、延叟快點吃要走了。和尚齋飯未完成，就出門了。又催促他們快走。到了諸暨縣南的店中，大約離禪院七十餘里路的地方。深夜時，聽到尋找道士的聲音。主人去應門。這裡有三人，非常高興。請求主人讓他們見道士。等到進入室內，只有兩個僧人，又禮拜又哀鳴的：『禪僧不認識道者，昨天沒有迎奉，以致得到譴責。三百僧到今天都無法下床。我二僧是主事不對，所以來其乞求施捨。』

馬湘只睡著不回應。王知微和延叟就笑著。二僧哀求愈來愈悲傷。馬湘就說：『今後不要再隨意輕慢人。回去進門時，那些坐僧應當能下床了。』二僧回去果然如是。

馬湘第二日又南行，時間剛好到春天。看見一家有好的菘菜，請求得不到。又有惡言相向。馬湘就命延叟取紙筆來。王知微就說：『請求給菜見阻，實在沒有訴訟之理。何況在道門，宜施小懲。』

馬湘說：『我不是訴訟，只是做一個小把戲。』

於是延叟拿紙筆，馬湘畫一隻白鷺，含了一口水，飛入菜畦中啄菜。田主趕牠走，又再三飛下啄菜。馬湘又畫了一隻小狗，去趕捉白鷺，也踐踏了菜。一下子都碎了。田主看見道士在嘻笑，曾經求菜不給致此。心想可能是別種幻術，就來哀求。馬湘說：『不是在求菜，只是相戲耍而已。』於是呼叫白鷺和小狗，都飛去投入馬湘懷中。看見菜田依舊完好，沒有損失。

又南遊霍銅山，入了長溪縣界。夜晚投宿旅社。房舍少而行旅人已變多了。店主開完笑說：『沒有住處。道士如果能睡在牆壁上，就讓你住店。』

已接近日暮黃昏了。知微、延叟急切於投宿。馬湘說：『你們只像俗人旅行的方式睡。』只見馬湘一躍到樑上，以一腳掛在樑上倒著睡。碰到店主夜間起來。用火燭照見，大為驚異。馬湘說：『樑上猶能睡，牆壁上有什麼難的。』突然進入牆壁內，久久不出來。店主揖拜道歉。把知微、延叟還到自己家乾淨的處所安置住宿。天亮，店主徘徊在室，突然失去方向。知微、延叟向前走了數里路，在路旁找到他。

自霍桐回永康縣東天寶觀駐泊。有顆大枯松，馬湘指著說：『此松已經三千多年了，將化為石頭。』自那以後，松果化為石頭。忽然大風雷震，石倒山側。變做數截。會陽發（人名）做廣州節度使，職責也要管婺州。會陽發性格喜歡奇異的事。叫徒弟搬兩截松幹做郡齋材料。兩截枯松放在龍興寺九松苑。各高六、七尺。圓徑有三尺多。這些石松皮的鱗皴都還存在。

當有人生病來求藥的人，馬湘沒有給藥，就會用竹杖打病者的痛處。用竹杖指出病人腹內或身上的病症。再用口吹杖頭像雷鳴一般，便痊癒了。

有病患腰腳脊背彎曲，拄杖而來的人，也是以竹杖打過，命令他放下拄杖，身體手腳便能伸展了。

有時有人給馬湘錢，他會推辭不接受。一定要給他，又會送給貧窮的人。馬湘所遊歷的地方，在宮觀巖洞處常留詩句。

他登杭州秦望山詩是這樣寫的：『太乙初分何處尋，空留曆數變人心。九天日月移朝暮，萬里山川換古今。風動水光吞遠嶠，雨添嵐氣沒高林。秦皇謾作驅山計，滄海茫茫轉更深。』

又回故鄉看兄長，剛好兄長外出，嫂嫂侄子很高興小叔歸來。馬湘先講：『我與哥哥共有此宅。回來是要分此地的。我只愛東園的部分。』嫂嫂很驚訝的說：『小叔離家很久了，回來還未和長兄見面，為何就說要分地？大家都有骨肉之情。一定不忍如此。』馬湘在家停留三天，嫂子和侄兒都驚訝他不吃飯。只是飲酒而已。等待長兄沒回來。那天夜裡馬湘突然死了。

第二日長兄歸家，問緣故。妻子居據實以對。長兄非常傷心，說：『弟弟學道多年，並不是要回家來分宅房，是回來託付給我，要我絕掉想念之情。』就棺殮馬湘。那天夜裡，棺材轟然有響聲。一家都被驚起。就在東園中挖墓穴埋葬他。這是大中十年的事。

第二年東川上奏官府劍州梓桐縣道士馬自然在白日昇天。馬湘跟東川的人說：『我是塩官人。』敕令浙西道杭州又再次勘察。開塚看棺材，裡面只有一支竹枝而已。（出《續仙傳》）

45. 栢葉仙人長生記

栢葉仙人田鸞，家居長安。世代為冠冕之家（官宦人家）。到田鸞的時候，家裡變富裕了。而五、六個兄弟都在未滿三十歲而死亡。田鸞在二十五歲時，他的母親非常憂慮。田鸞自己也很恐懼。常聽說習道者有長生之術。就進入華山去求真道。心願很誠懇。至華山山下數十里處，看見黃冠（指道士）從山裡出來，田鸞就揖拜謁見。祈求詢問長生的訣竅。皇冠指頭指著栢（音伯）樹指示說：『這就是長生之藥。何必到遠處尋？但問你的志向是什麼？』田鸞就說要尋仙方。皇冠說：『旁邊這棵栢葉，不停的服用可以長生。要拿栢葉曝曬成乾，再磨成粉來服用。要節制不能吃葷食。心志專一，服用到六、七十日，沒感覺有什麼好處，就覺得常煩熱，而始終不間斷服用，到兩年多的時間。生病發熱，頭腦和眼目欲裂開一般，全身生瘡。他的母親哭著說：『本來以為可以延年益壽，現在反而被藥所殺害。』而田鸞意志終是不變，繼續服用。到七、八年的時候發熱更嚴重，身體像火一般，別人都不可以靠近。都聞到栢葉的氣味。所有的瘡都潰爛。黃水橡膠水般流出。母親也感覺他要死了。忽然他說：『身體今天還不錯，需要沐浴一下。』

就命人放置一壺溫水在室中，幾個人扛著他臥在盆中。自生病以來，他十多天都不能睡覺。突然想睡了。就命令左右把門關上勿打擾。就在大盆中睡覺過了三天才醒。

呼叫人起身，身上的瘡都好了身體光彩明亮、潔白。眉鬚紫綠。頓時覺得耳目鮮明，田鸞自己說：『剛開始睡，夢見黃冠（這裡指道士）數人，手持旌節旗幟作引導來謁見上清洞府。全部禮拜了古來的列仙，都對他說：『栢葉仙人來此，就傳授以仙術。把他的名字用金字刻在玉牌上。存於上清洞府。』又說：『並且你要停止在人世間修行了，以後有神仙的位次，就會相召喚你。』又帶領他返回家中。田鸞自此開始不吃五穀，也不想飲食。他隱居於嵩陽。到貞元時期中，已經有一百二十三歲了。具有年輕的容貌。一天，忽然告知門人，當天無疾而終。顏色不變。是屍解了。他臨終時滿室充滿異香。空中有音樂聲。原來是要去青都，赴神仙之約。（出《化源記》）

46. 王四郎得道助叔

洛陽尉王琚有一個不學好的姪兒小名為四郎。在孩提的年紀，母親改嫁，就隨嫁而去，之後每十年或五年，會到王琚家。而王氏並不收錄他為子孫了。

唐朝元和時期中王琚因常調職自鄭州入京。從東都的道路而出，才過天津橋。四郎突然在王琚的馬前跪拜下來。身上穿著布衣草鞋，形貌像山野之人。王琚不認識他，因為他自己說了自己的名字，王琚很哀憫他。王四郎說：『叔叔現在去赴選官職，有一些費用奉獻給你，幫助你的資費。』隨即在懷中掏出金子，大約五兩多，顏色與雞冠一般紅。並告訴他說：『這些不可與平常的金子等價。到京師，要到市集訪藥師張蓬子付給他，可得二百千錢。』王琚覺得奇怪。就說：『你現在在何處？現在要去哪裡？』回答說：『我一向居在王屋山的洞裡。現在要往峨眉山去。知道叔叔會到此地。故在此等候拜見。王琚又問：『你現在停在何處？』回說：『中橋逆旅席氏之家。』當時有些小雨。來見王琚沒有沒有帶雨衣。隨即又說：『我馬上到你居住的地方。』四郎又拜說：『行李有時間，恐怕不能獲得等候。

王琚就回去了換了衣服前往，四郎已走了。王琚就問席氏。席氏說：他有妻妾四五人，都有特殊美麗。至於他所穿的衣服、所騎鞍馬，都非常華麗、奢侈。這個王處事坐著轎子先走了。說是往劍南去了。』

王琚私下很好奇。然而並不相信。到了上都，物價很貴。錢財運用有些不足。就對家奴吉兒說：『你把四郎所留下的東西去察訪一下。

果然有張蓬子。就拿出金子給他看。張蓬子很驚喜，捧著金子扣頭笑說：『從何處得到的此物？所要幾吊錢？』吉兒隨即說：『二百千錢。蓬子就設置酒食，宴請吉兒，隨即很依其請求而付了錢。又說：『若是還有這種錢，可以再來。』吉兒帶著錢回去了。王琚大為驚異。

第二天王琚親自去見蓬子。蓬子說：『這是王四郎所賣的化金。西域的胡商專門等候買這個，而且沒有定價。』但四郎本來相約多少，多了則不必接受。』王琚就更不想取用此錢。自那以後很留心訪問，希望再見到王四郎，但終不再見。

（出《集異記》）

47. 馮大亮因道致富

有一個叫馮大亮的人是導江縣人。家貧卻愛好道術。也沒有修習什麼道術。每當有道士和方術之人經過其門口，必定會留食留宿接待他們。他家唯一生計是靠牛拽步磨糧食以自給。一天牛死了。和妻子對泣，嘆息說：『給我們的衣食的，是靠著這牛啊！牛都死了，如何來買口糧呢？』

慈母山的道士，每次經過其家門，就會歇憩幾日。這時道士又來了。夫婦就跟他說了這些話。道士說：『牛皮和角還在嗎？』答說：『在。』隨即取來牛皮，連結如牛的形狀。斫木為腳，用繩繫在口上，驅使牠就站起來，肥胖健壯像往常一樣。說：『說這牛不用飲食，晝夜都可用牠磨磨石。但小心不可解開牠的口。你以此牛拽磨，力氣比平常加倍。』

道士也不再來了。數年之後的盛暑。牛喘氣的很急，牧童憐憫牠。就解開其口上的繩子，一下子變成皮骨一灘了。然而他們家已漸漸富有。改為酒肆賣酒。

常常以信奉道教來祈求感遇仙人，仍然極力救助善行，延攬賓客。

有擔夫老叟三、五人，去他家飲酒。常不說錢，禮貌的接受。雖然數月不多，也益發尊敬。忽然有一人說：『我輩有八人，明日都來，一起喝醉，不會以人多為驚訝？』

到時間，樵夫、老叟八人都一起相偕而至。客人從袖中拿出枏木一枝，才五、六寸，栽在庭中。便飲酒盡歡而去。說：『煩勞你設置美酒請我們喝，無以為報答。此唯徑尺的樹，則會有家財百萬。這時可貢獻幫助天子 。你能垂名國史。十年後，你會在岷嶺巨人宮，可授給你飛仙之道的道術。』說完就走了。

十天後，樹已長高到凌空。高有十餘丈。粗也有徑尺多。他們家金錢珠寶都 自己來 。寶貨也自已積存。是非常殷實的富商。雖然王孫、糜竺等的富商之家都不能趕上他。五年，玄宗臨幸蜀地，馮大亮上貢錢財三十萬貫，以資助國家費用。

（《仙傳拾遺》）

48. 徐佐卿變鶴中箭

唐玄宗在天寶十五年的重陽日，在沙苑行獵。當時雲間有一隻孤鶴徘徊飛翔。玄宗親自用御弧射中了。這隻鶴帶著箭，徐徐墜落。快離地一丈多時，忽然有光焰振翼，朝西南方逃走了。萬眾都目視。很久光焰才滅。

益州城西十五里，有一個道觀。依山臨水，種著松桂。有深深的寂寥。不是能修習精深的道士之流，而能居住的。仔細看東廊第一院，最為幽靜清寂。有一位自稱是青城山道士徐佐卿的人，為人喜清靜、純粹，有高古情懷。一年帶領三、四個好友，看起來是耆老舊識。就空著庭院的正堂，等待他們來。而佐卿到了，則棲息三、五日，或十天、半個月，才回青城。他非常被學道人士所景仰。

一天，徐佐卿忽然從外來到，精彩神彩不佳。他對院裡的人說：『我在山中行走，偶然被一隻飛矢所打到。現在已經修養好了。然而此箭不是人間所有的，我留在壁上。後年箭主到此地，就交給他。小心別遺失。』就提筆記在壁上說：

『留箭之時，則十三載九月九日也。』

後玄宗避安祿山之亂，臨幸蜀地，閒暇日命駕車去外遊歷。偶然到這間道觀。很喜歡此地有美景佳境，就每間道室都參觀。忽然進入一間堂室，突然看見此箭。命侍臣取來玩賞。這是御箭。他非常奇怪，就詢問觀中之道士。據實以對，就是沙苑翻飛的箭矢。玄宗大驚奇了，就收藏此箭矢當寶了。自那以後，蜀人也沒有再遇到徐佐卿的人。（出《廣德神異錄》）

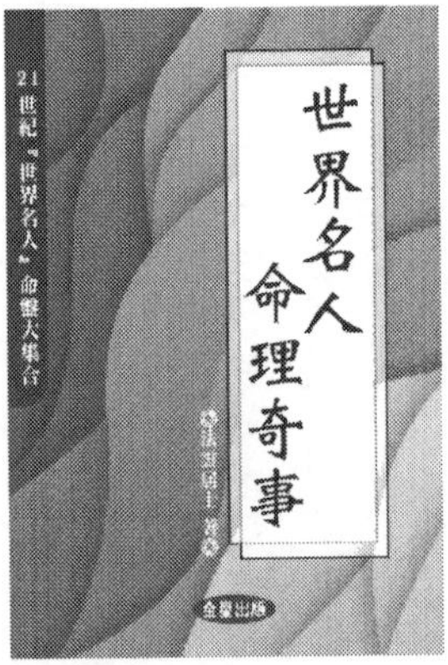

49. 拓跋大郎教訓扶風令

唐朝天寶年中，有扶風縣（現陝西寶雞市）扶風縣令，家裡本來是權貴恃仗勢力，輕蔑別人。較貧寒的賓客，無法去謁見。於是滿路都是誹謗議論。當時有李主簿、裴兵尉二人熱情好客。裴兵尉喜好道教，也常隱居於名山又愛好施捨窮人。時常也遞補縣令的位置。

李主簿常會在閒暇日，宴請邑中權貴的客人。裴兵尉生病不赴宴。賓客剛聚集。忽然有一個客人，有著寬額頭，高七尺多，拿手杖、戴帽，神色嚴謹，對來謁見的人說：『拓跋大郎要見府君。』

侍者說：『長官剛才吃飯，不可通報謁見。請等到宴席完。』

客人發怒說：『是什麼小子，阻擋拒客。我就自己進去。』

侍著懼怕，跑去稟報縣令。縣令不不得已，就命令讓客人上階上來。

縣令心中不高興，而客人也心中不平。就在宴會上，不肯謙讓。到宴會終了，大家都不高興。客人不揖拜就走了。縣令只長揖而已。客人容色很怒，就有流言傳出去了。

當時李主簿懷疑那客人是奇異的人。

李主簿回去後，招裴兵尉來，而告訴他說：『宴會不快樂，是為了此客人。看他的樣子，恐怕是俠客。擔心他會為危害大家。我當召見他而謝罪吧！』就與裴兵尉一起等，命吏史去邀客人。客人也不客氣而到了。時間已是夜間，李主簿見了非常尊敬他。

裴兵尉見了客人，忽然躲避到其他房間。李主簿揖拜客人坐定後，又起來問裴兵尉。裴兵尉戰戰兢兢的，很懼怕對李主簿說：『此人果然是奇異的人。是峨眉山人。道術最高的人。我曾拜師侍奉數年，中途捨棄而逃走了，今天懼怕不敢見。』

李主簿就為裴兵尉請罪。裴兵尉穿公服進入屋內。鞠躬再拜而謝罪。客人看了他很久。李主簿幫著說話，才命裴兵尉坐下。所說議論都和裴無關。裴更加敬重客人。李主簿也是更加敬佩他。

一方面也說縣令的過失。李主簿再三道謝跟謝罪。夜晚宿在李主簿的廳堂裡。

李主簿整晚省問案子，客人已失去蹤影。而門戶仍緊閉如故。更是驚奇。

天亮後，衙吏跑來報告說：『縣令忽然中惡毒將氣絕。但心窩還是熱的、微暖。』諸同僚都去省視。到吃飯時才蘇醒。

縣令乃召李主簿入見，叩頭謝他說：『我依賴你免去一死。』

李主簿問緣故。縣令說：『昨晚的客人是神人。我昨天被拘錄去了，看見拓跋坐在胡床上，責備我不接待賓客。就命折桑條枝來鞭打。杖雖小但很痛。我沒說道歉的話。約鞭打數百下，才說：「賴李主簿為你說好話，不然你就死了。」勅令左右送我回來。才能甦醒。』舉手顯示杖痕還在。

李主簿命駕車往縣北去找尋那客人。走了三十里路。果然看見大桑林。下面有人馬的很多痕跡，地上有十餘條折斷的桑條，有些有血痕的還在地上。

縣令自知很是畏懼。而拓跋從此不知所蹤。蓋是神仙吧！（出《原化記》）

50. 魏方進痴弟報恩

唐朝的御史大夫魏方進，有一個十五歲的弟弟不能說話，常滿身鼻涕口沫，兄弟親戚都看他為白癡。沒有人要卹養他。唯一的姐姐憐憫他，給他衣食，令僕人幫他洗沐，沒有一點疲倦的樣子。

有一天，此弟在門外曝日之下感到搔癢。其鄰居都看到有穿紅衣的使者，帶領數十騎人馬到了，問說：『仙師在哪裡？』遂走到搔癢者前，鞠躬上前，俯伏稱謝罪很久。

忽然有大聲叱喝說：『為何來晚了？勾當的事完了嗎？』

回說：『有一個接一個的。』

又說：『為何不快速了結？快去！』

這個說話者的神采洞徹事理，聲音明朗，韻味舒暢，完全沒有癡呆之狀。朱衣大隊走了，他又像以前一樣，鼻涕滴到口下搔癢不已。這一夜就卒逝了。

魏公（方進）雖驚訝於他弟弟的事，而不奇怪他的人。就埋葬了弟弟。只有姊姊悲慟非常。暗地藏一些東西到葬禮時，到小殮之日，她用平日所珍惜的一件黃繡披襖子，密秘的放置棺中。

後來魏方進跟從玄宗的駕前到馬嵬坡。他姐姐也隨著去了，禁軍兵亂，誅殺楊國忠。魏方進的親戚與其族人很多都遇禍了。

當時他姐姐在店外，聽聞有兵亂災難而逃走。留下兒女三人，都才五、六歲。聽說都被剁成肉醬了。

第二天早上軍隊出發，到旅店中尋找，都是殭屍相連。

在屋中東北角稍微深一點的床上，好像有衣服在動，就看一下。兒女三人都在其中，所覆蓋的，正是葬痴弟的黃繡襖子。一家悲感慟哭。母子幾人一起到山中避難。（出《逸史》）

51. 李清墜壑尋道

李清是北海人。世代祖傳是染業。李清少年就學道。多半延師，學齊魯的術士道流。也必定誠敬接待尊奉他們。但最後沒學成。心中仍是勤奮求取道術之意志很真誠懇切。家裡富有多財，素來為州里的豪農。他家的子孫加內外姻親，有近一百多家。都能在都城中隨便賺取利益。

每當李清過生日，就爭先的饋贈禮物，總共積存一百多萬。李清個性仁慈節儉。來者不拒，接納也不送出去。如此結果，家中積藏很富。他在六十九歲生日前十天。突然招來姻族，大設酒席請大家吃。吃畢對大家說：『我賴你輩勤力工作，沒有過失，各能生活。所以我獲得很優的贍養。然而我布衣蔬食，已過了三十年了。怎麼想回復華奢的生活呢？你輩以我老而長，每次餽贈我生日衣裝玩具，已是極為奢侈了，然而我自很久以來的所得，緘封在一間房室中，不曾去閱覽檢視，徒然損失你們給我用的東西，只是增加我的糞土無用的垃圾而已。怎麼竟然變成如此？幸運的是，上天沒有錄走我的魂魄。現在又將是我的生辰了我當然知道你輩又在經營壽禮的事情，我所以早一點來約相會，是要阻止你們的做法。』

子孫皆說：『續壽自古就有，不如此做，如何展現我們卑下的孝敬心。希望不要停止斷絕。會讓我們不安。』李清說：『雖然你們的志向不可奪取，但從我所想要的可以嗎？』都說：『願聽您的指令。』

李清說：『各位能給我粗細麻繩等百尺，總計起來，我就獲得數千百丈了。以此為續壽豈不更延長嗎？』大家皆說：『謹奉令。然而尊旨必有原因，小的可以問嗎？』

李清笑說：『最終還是必須讓你輩知道，我是下界的俗人。想要求道，用盡精神心力，日夜勤勞，到今天六十多年了，而毫無影響。我年紀已老邁腐朽殆盡，自己估計身體不過三、兩年了。想趁著眼耳步履眼還能走，看、聽、屢行早年志向。你輩不要阻止我。』

先是：青州南邊十里有高山。俯壓著郡城。峰頂中間裂開。豁然成為山崖關口。青州人家家坐對嵐岫歸雲過鳥，歷歷全都看見。按圖經說：「雲門山，俗稱為劈山。」而李清留意很久了，就對姻族說：『雲門山是神仙之窟宅。我將前去。

我生日那天坐大竹簣。用轆轤吊下，以纖縻（絲麻繩）為媒藉。我要急收這媒藉。你們是出手做我的媒藉之末的人呢？倘若有幸而能達到我的心願，則就會再回來。』子孫姻族哭泣力諫說：『冥間寂寥很深遠，有極度的不可測狀況，何況山精木魅、蛇虺怪物很多，怎能容忍千金之身，自投於那裡，豈不是要看到長壽之階了嗎？』李清說：『這是我的志向。你輩必會阻止，則我會私下去做。是不獲得牽絆之安心的事。』眾人知道，不可迴避。則一起做這件事。

到日子，李清的姻族鄉里有一千多人都做齋齋酒饌送他。天剛亮的時候大家會合於山崖旁，李清揮手道別而入竹簣。往下放到山崖下很久，碰到地了。其中非常黑暗，仰視天才如手掌大。捫摸四壁，只有兩席多寬。東南有洞穴，可俯身拘僂而進入。就離開簣子周遊了。

剛開始很狹窄細微。往前則可伸直腰。如此大概走三十里。有開朗微明的光。突然 到洞口，有山川景象，雲煙草樹，宛如不是人世。空曠的眺望久了，只有東南十數里，隱約有人居住。就慢步去詣見。走到一個陡絕的台子，座基很險峻。而由南邊可以登陟上去。就虔誠的登上。心中還是很多恐懼。到台上，看見堂宇很嚴謹。其中有道士四、五人。李清於是就叩門 。

忽然有青童應門問話。答說：『青州染工李清。』青童如實以報主人。李清聽聞中堂有人說：『李清他來了。』就叫他上前。李清惶恐揖拜。在廳堂有一人遙問說：『還沒適宜來，為何突然來了？』就叫他把諸賢人皆揖拜過。時間已到中午，忽然有一個白髮翁從門而進入，揖拜謁見，說：『蓬萊霞明觀丁尊師新來到。眾位神仙下令，邀請真道人登上清去赴會。於是列位真道都一起走了。跟李清說：『你且留在此地。』臨出門又回頭說：『小心不要開北窗。』

李清巡視庭院屋宇，又開了東西門，心情飄飄然，自己想永遠留在仙境中。到了堂北，看見北邊窗戶斜掩。偶然伸頭顧望。下為青州，好像在眼前。

離開久了有歸心，經過很久不能平復。又悔恨自己想回去。這時諸位真人都已返回了。其中有人說：『叫他不要去侵犯北邊門窗，竟然你還有自己迷惑，你要相信仙界是不可以隨便來的。』就給他瓶中酒一甌，酒色濃白，又跟李清說：『你可回去了。』李清就叩頭哀求留下。說：『無路可返回。』眾人對李清說：『你會到此地，但時限沒到。你不必怕沒路回去，但閉眼，腳碰到地，就到家鄉了。』李清不得已，流著涕淚跟大家辭行。又有人跟他說：『既然遣返他回去，應該有讓他維生的方法。』李清心裡自恃有豪富之資，驚訝這話是不知道他的人所說的。有一人對李清說：『你在堂內書閣上取一軸書帶回去。』李清得書，又跟李清說：『離開歸去的地方無倚靠生活，可以用此書來自給自足。』

李清就閉目，覺得身體像飛鳥一般，但聽見風和水的聲音相激盪。一會兒就腳碰地了睜開眼睛，就是青州的南門。時間才傍晚申時末的時間。城門和田隴阡陌都如舊時一般。但屋室樹木，人民的服裝用品，都已改變了。一個人走了一天沒有一個人認識的。回訪故居，有一個大宅宏門，也改變了新舊樣子。一點也不像。在側有做染坊的，去跟他們詢問。那人說姓李。他自己說：『我本來是北海的富豪之家。』指著前後的黑門，說：『這些都是我祖先的故業。以前聽聞祖先在隋開皇四年生日時，自己在南山用繩往下墜送，不知最後怎樣？因此家道淪喪破壞了。』李清悒悒心情很壞了很久。就改換姓氏。在城邑中遊玩，就把拿到的書閱讀一下。原來是治療小孩各種疾病的方子和方法　。這一年青州的小孩生癘病很嚴重。李清所醫治的，沒有不立即痊癒的。不到十天半個月，財產又振興了。

在高宗永徽元年時，天下富庶，而北海的地方，常有知道李清的，因是齊魯人，一起學道術的人，有成百成千之多。到五年，就辭謝不收門徒了。說：『我要去泰山觀封禪了。』從此就不知他去哪了。（出《集思記》）

52. 壺公渡化費長房不成

所謂壺公，不知道他的姓名。現今所有的召軍符、召鬼神符、治病的玉府符。總共二十多卷書，全都出自壺公。所以總稱為『壺公符』。

當時汝南有一個叫費長房的人，為市椽（管理市場的官員）。忽然看見壺公從遠方來，到市集賣藥沒有人認識他賣藥時一口價不二價。所治的病都痊癒了。他跟買藥的人說：『服用此藥必會吐出某物。某一天就會痊癒。』沒有不有效的。每天他會收數萬錢，便施捨給市集中貧困、饋乏、飢餓受凍的人，只留三、五十錢自用。

他常懸著一個空壺在屋上。太陽下山後，壺公就跳入壺中。所有的人都看不見。只有費長房樓上可以看得到。費長房知道他是非比尋常的人。費長房每天自己掃壺公座前的地方又供給他吃食。壺公接受了而不辭謝，如此過了很久。費長房一直不懈怠，也不敢對壺公有所求有。壺公知道費長房篤信他，就跟費長房說：

『到日暮沒有人時，你便來我處。』費長房依言前往。壺公對費長房說：『你見我跳入壺中時，你也可以仿效我跳，自當能跳入壺中。』費長房依他說的照做，果然不知不覺已入壺中。

進入壺中，又不是壺了。只見仙宮的世界。樓閣觀台重門閣道，壺公左右有侍者數十個人。壺公對費長房說：『我是仙人。以前任天官，以公事不勤奮受到責罰。故謫貶人間。你是可教之材，所以看得見我。』費長房下座叩頭說：『我是食肉之人無知，積了很厚重的罪，幸得哀憫，就像可以剖開棺木布列真氣。化枯朽為有生機。但恐我的身體已有頑固的臭穢弊端，不能得到你的驅使。倘若你哀憐我，是我一生的厚重幸運啊！』

壺公說：『看你不錯，很好。但別跟他人講。』壺公又在樓上見費長房說：『我有一些酒，就一起飲吧！』酒在樓下，長房叫人取來。這個盎很大，有數十人都不能搬上樓。就對壺公說，壺公就下樓用一根指頭提盎（腹大口小的瓦盆）上樓。與費長房共飲。酒杯像拳頭大。飲到日暮黃昏都不停下來。

壺公告訴費長房說：『我某日要走了，你能去嗎？』費說：『想去的心無法重複說。要讓我的家人不知不覺的而走了，有何法可做到？』

壺公說：『很容易！就取一支青竹杖給費長房。告誡說：『你以此竹帶回家，便可以稱病。把此竹杖放在你所睡臥之處，靜默的便能來了。』

費長房照他說的話做了。費長房去了以後，家人見費已死，屍體在床，就哭泣的把他葬了。

費長房見壺公，恍惚間不知在哪裡？壺公把他留在一群老虎之中，老虎們獠牙張口要吃掉費長房。費不甚恐懼。

第二天壺公又把費長房放在石室中，頭上有一塊方石，有數丈寬。用茅草懸著。又有很多蛇來囓咬繩子，繩將要斷了。而費長房泰然自若。壺公到了，安撫他說：『你是可教之材。』又命令費長房吃屎。有一寸多長的蛆在，非常噁臭。費長房難以忍受。壺公就嘆息辭謝。遣回他說：『你不能得仙道了。賜你當地上的主人。可得百歲的壽數。』又傳封符一卷給他。說：『帶這個可以命令諸鬼神，常自稱使者，可以治病消災。』費長房憂慮無法回家。壺公以一支竹杖給他說：『就騎此杖，可以回到家。』費騎竹杖告辭歸去。突然像睡覺，已到家了。

家人以為是鬼。他向家人具述前事。打開棺看，只見一支竹杖。才信了他。

費長房的所騎的竹杖，後丟在葛陂中，再看是青龍。初去時到回家說是一日，再問家人已一年。

費長房就行符、收鬼、治病沒有不痊癒的。每次跟人同坐一起說話，常喝責嗔怒。別人問原故，說：『罵鬼而已。』

當時汝南有鬼怪，一年中數次來郡縣裡。來時有侍從騎馬相伴，像太守一樣。到府裡打神獸，環繞內外，又跑走了。很是災患。費長房因詣府聽事，正碰到此鬼來到府門前。府君衝出去獨留費長房。鬼知道了，不敢上前。費長房大叫說：『要捉前鬼來。』鬼就下車伏在庭前扣頭，乞求改過。費長房斥喝他：『你這個死老鬼，不學溫良，無故來犯，唐突官府，自知要死嗎？』鬼立即現原形。一下子變成一個大鼈，像車輪般大。頭有一丈餘長。費長房又令他恢復人形。用一扎符附上。下令送給葛陂君。鬼叩頭流涕，拿著符扎而去。使者去追看，只見符扎立在陂邊，鬼用頭繞樹而死。

費長房後來到東海，東海大旱三年，跟請雨的人說：『東海神君之前來，迷惑葛陂夫人，我把他捆了。狀況不明就忘了，所以會大旱。今天我赦免他，命他下雨。』立即就有大雨。費長房有神能。能縮到地下，有千里之遠，回復之後又可像正常一般。（出《神仙傳》）

53. 崔煒因緣娶齊王之女

唐朝貞元時期中，有一個叫崔煒的人。是故監察崔向的兒子。崔向留有詩名在人間。最後在南海做事業。崔煒也居住在南海，很豁然開朗，不管家裡的財產。喜尚豪俠之事。沒幾年，財產就被他花光了。他就常棲息在佛舍。

在中元節的時候，番禺人多半在廟宇陳設奇珍異果。在開元寺表演百戲。崔煒去偷看，看見一個乞食的老嫗，因為跌倒而碰倒了別人的酒甕。店家就歐打她。估計只有一吊錢的價值。崔煒憐憫她，脫下衣服幫她抵擋了酒錢。老嫗並不道謝就走了。

另一日老嫗又來跟崔煒說：『謝謝你為我開脫難事。我很會治贅疣。現在有越井岡艾草一些送給你。每次遇有長疣贅的人，只要燒一著炷艾草，不只是使苦楚痊癒。還會獲得美麗的肌膚。』崔煒笑著接受了。老嫗一下子不見了。

之後數天，崔煒遊歷海光寺。遇見老和尚在耳上有贅疣。崔煒就拿出艾草試灸一下。果然像老嫗說的一樣，老和尚非常感激。對崔煒說：『貧道我沒有什麼可給你的，但可以轉經來幫你求福祐。我們這山下有一個任翁，有巨萬之資，也有這種疾病。你若能治療他，一定會有憂厚報酬。我為你寫信去引見。』

崔煒說：『好。』任翁一聽很高興跳躍。很謹慎的用禮請他去。崔煒拿出艾草一灸就痊癒了。任翁告訴崔煒說：『感謝你療癒我的疾苦，沒有可厚重酬謝你的，有十萬錢奉送你，希望你很從容的，不要草草急著離去。』崔煒就留在那裡。

崔煒也喜歡彈絲竹音樂。聽見主人前堂彈琴的聲音，問他家的家童。回答說：『主人的愛女在彈琴。』就借她的琴來彈。那女兒暗地的偷聽，而對崔煒有意思了。當時任翁家的家事鬼叫『獨腳神』的，每三年就要殺一人來吃。當作饗神。時間已逼近了。任翁到處找人找不到人。任翁突然起反心，叫他兒子一起計謀說：『門下的客人既然沒來，沒有血的東西，可以饗祭。我聽聞大恩可以不報，何況是治癒小疾呢？』就叫準備神的饌食。

快到半夜，準備殺崔煒。就從窗戶潛入崔煒所住的屋室。而崔煒沒發覺。任翁女兒秘密知道了，持刀在窗隙間躲著。告訴崔煒說：『我家的家事鬼（家鬼）今夜要殺你，而祭饗他。你可拿此刀破窗逃走。不然，很快就會死。這個刀刃也一起拿去，不要相拖累。』崔煒嚇得汗流浹背，揮著刀，帶著艾草，砍斷窗戶跳出去了。拔腿就跑。任翁突然發覺。帶著家中童僕十餘人，拿著刀鞘，帶著火把，追了有六、七里路，幾乎要追到了。崔煒因迷路，失足跌落在大枯井中，追趕的人找不到蹤跡而返回。

崔煒雖墜入井中，有很厚的枯葉所憑藉，而沒有受傷。等天亮，看了看，這是個很大地巨穴。深有一百多丈，沒辦法出去。四周很空曠幾乎可容上千人。穴中有一白蛇盤臥著。有數丈長。前面有石臼。巖上有東西滴下，像飴蜜一樣。會注入臼中。蛇就飲用。崔煒觀察蛇有奇怪的地方，就叩頭禱告說：『龍王我不幸墜落在這裡，希望龍王你憐憫我，互不相害。你飲用剩餘的，給我飲一點，就不會飢餓了。』崔煒仔細看蛇的唇吻，長了一個疣。崔煒感念蛇憐憫自己，也想幫牠，想要幫牠炙艾。但是沒有火呀！過了一會兒，有火從遠處飄入穴中。崔煒就燃艾幫蛇炙疣。那個疣贅一下子就墜地了。蛇長時間因疣妨礙飲食，病去，就方便了。就吐出一寸大的珠子酬謝崔煒。崔煒不接受。而跟蛇說：『龍王你能施雲雨，陰陽莫測由心來變化，做什麼完全由自己，必能有道術，能拯救沉淪的人。希望你幫助我能返回人世。則死生感激。銘記在肌膚。如果能回去，不願收你的寶物。』蛇就嚥下珠子。蜿蜒而走，崔煒就再揖拜牠。跨蛇而走了。

他們不由穴口出去，只在洞中行走，大約數十里路，洞穴其中一片黑漆幽暗，但蛇能有光亮照著兩邊牆壁，常看見壁上有繪畫古時的大丈夫，都戴著冠帶。最後觸動一個石門，門上有金色的獸頭齧環。忽然有明朗的光照著。蛇低頭不前進了。卸下崔煒。崔煒已達人世了。

進入一間戶室。有百餘步的寬廣。洞穴四壁都鐫刻成房室。當中有錦繡幃帳數間。幃帳是垂金泥紫和珠翠的裝飾。像明亮的星星炫晃一般的綴著。帳前有金爐，爐上有蛟龍鸞鳳、龜蛇鸞雀，都噴出香煙。四壁有床，都用犀牛、大象裝飾。床上有琴瑟笙簧等樂器。不可勝數。崔煒恍然猜測，大概是何洞府。

等很久，他取琴來試彈，四壁的窗戶都打開了。

有小青衣侍童出來笑說：『玉京子已送崔家郎君到此了。』

過了一會兒，有四個女子，都梳著古時環髻，穿霓裳的衣服，跟崔煒說：『是什麼崔氏子擅自進入皇帝的玄宮啊？』崔煒放下琴再揖拜。女子也回拜。

崔煒說：『既是皇帝玄宮，皇帝在那裡？』

回說：『暫時去祝融的宴會了。』就命崔煒在榻上彈琴。崔煒彈胡笳。

女子說：『是何曲子？』回說：『胡笳。』問說：『胡笳是什麼我不知道。』

崔煒說：『漢朝蔡文姬是中郎邕的女兒，嫁到胡地。回歸漢朝，感念在胡地的故事，所以撫琴而成這個曲子。像胡人吹笳哀咽的韻味。』

女子都怡然說：『大概是新曲。』就命傳觴喝酒。

崔煒就叩頭，請求回去的意願很真切。女子說：『崔子既然來了，都是緣份。何必匆匆要走？暫且留駐。羊城使者一會兒便會來，可以一起走。』

又對崔煒說：『皇帝已許田夫人敬奉箕帚，馬上可相見。』崔煒無法揣測端倪，不敢答應。就命侍女召田夫人。夫人不肯來。說：『沒奉皇帝詔書，不敢見崔家郎。』再命令她也不來。就跟崔煒說：『田夫人淑德美麗，世上沒有可匹配的，希望你這個君子能善待她。這也是宿業。夫人就是齊王的女兒。』

崔煒說：『齊王是何人呢？』女子說：『王諱名「橫」，以前漢初，齊國亡了。而居住在海島上。』向周邊看一遍，有太陽光影照到座位上。崔煒就舉頭，向上看有一個洞穴。是隱約的可看人間的天漢之國。

四女子說：『羊城使者到了。』隨即有一白羊自天空冉冉下降，一會兒到座位上。羊背上有一男子，衣冠嚴肅。手執一支大筆。還拿著一支青竹簡，上有篆字。進獻到香几上。四女命侍女讀竹簡文字說：『廣州刺史徐紳死，安南都護趙昌充替。』女子以酒敬使者說：『崔先生要回番禺，希望你帶他去。』使者稱諾。又回頭跟崔煒說：『他日要和使者換服裝，作為酬勞。』崔煒唯唯稱是。

四女說：『皇帝有有敕令，令贈給崔煒國寶陽燧珠，回到人間，有胡人會用十萬緡錢來換。』就命侍女開玉函，取珠授與崔煒。

崔煒拜授。跟四女說：『煒不曾謁見皇帝，又不是親族，為何餽送我這麼價值高的東西？』

四女說：『崔郎你的先人有詩在越台。感悟徐紳，就看到修道皇帝餽送也有詩來相和賚珠之意，已在詩中露出。不用我輩僕人來說。郎君你怎不知道呢？』崔煒說：『真的不知道皇帝的何詩？』

女子命侍女寫在羊城使者的筆管上。說：「千歲荒臺隳路隅，一煩太守重椒塗。感君拂拭意何極，報爾美婦與明珠。」

崔煒說：『皇帝原來姓什麼？』女子說：『以後你自己會知道。』又跟崔煒說：『中元日，要在廣州蒲澗寺靜室備美酒 等待。我們自當送田夫人去。』崔煒再次揖拜告辭。他想登使者的羊背上。女子說：『知道你有鮑姑艾，可否留少許給我們？』崔煒留了艾草。但不知鮑姑是何人？

瞬息之間，出了洞穴，踩到平地上。使者和羊就不見了。

朝天望星漢，時間已五更天了。突然聽見蒲澗寺的鐘聲，就抵達寺中。僧人用早上糜粥給他吃，就回廣州。

崔煒之前有租房舍而住。那天到舍上查詢，說：『已三年了。』房主人問崔煒說：『你去哪裡了？而三年不回。』崔煒沒說實話，打開窗戶，榻上有灰塵，頗感懷淒涼蒼桑。問該地刺史，則徐紳果然死了。而趙昌頂替。

就去波斯邸，暗賣珠子。有老胡人一見珠子，就匍伏禮拜說：『郎君你到南越王趙佗的墓中去了？不然，不會得到這寶物？』

原來趙佗是以此明珠為殉葬品。崔煒據實以告，才知道皇帝就是趙佗。他也曾自稱南越武帝的原故。胡人就以十萬錢跟他交易了。

崔煒問胡人說：『如何來辨認珠子？』回答說：『我大食國寶陽燧珠，以前漢朝初年，趙佗命出使奇術者跋山涉海，來偷盜珠子，回到番禺。到今天已經有千年了。我國有能玄象算命者說：「來年國寶會回歸。」所以我們國王召我。準備大船及很多金錢，抵達番禺，來搜索國寶。今天果然有所獲。』

然後拿出玉液來洗珠子。珠子就光芒照亮一室。胡人就駕船回大食去了。

崔煒得到這麼多錢，就置家產。然後拜訪羊城使者，又看見神筆。筆上有小字，是那侍女所題的。立刻準備酒、肉脯而祭拜。又裝飾及擴大房宇。

崔煒又知道羊城就是廣州城。有五羊廟。又找任翁的屋室。村老說：『是南越尉任囂之墓。』

又登越王殿台，看見先人崔向的詩。曰：「越井岡頭松柏老。越王臺上生秋草。古墓多年無子孫，野人踏踐成官道。」

又詢問看墓的人，主事者說：『徐大夫紳因登此台，感念崔侍御詩，就重新粉飾台殿，所以煥然一新。

後來將到中元日了，就準備香饌甘醴，留了一間蒲澗寺的僧室。快半夜時，果然有四女子陪伴田夫人到來。儀容艷麗雅澹。四女子與崔煒敬酒開玩笑。天快亮告辭去了。

崔煒揖拜完。寫信送與越王，謙卑的詞謝厚禮。再與夫人回到房室中，崔煒問夫人說：『你既是齊王的女兒，為何嫁給南越人？』夫人說：『我國破家亡了，遭到越王擄去做為嬪妾。越王駕崩，以為要殉葬，並不知今天是何時日。看鄘生被烹，像昨天一樣。每回憶故事，都會潸然淚下。』
崔煒問：『四女子是何人？』回答說：其中兩個是的是甌越王瑤所進獻的，另外兩個是閔越王無諸所進獻的，都是殉葬者。』
又問她說：『以前四女說鮑姑是何人？』答說：『鮑靚女，是葛洪的妻子。常在南海行炙為醫。』
崔煒才嘆息害怕以前所遇之老嫗。又說：『稱呼蛇為玉京子是為何？』回答說：『以前安期生長年跨龍而朝玉京，故取名玉京子。』
崔煒因在洞穴中飲用龍餘沫，肌膚變年輕又嫩。精力充足，身體輕健。後來住在南海十多年。又發散金錢而破產，一心從道，就帶著家室老婆往羅浮山，訪鮑姑去了。後來竟不知所往。（出《傳奇》）

◎烹酈生：漢王齊邦派酈生去齊國勸降田橫，田橫接受，解除歷下軍隊。後來韓信又突然襲擊歷下。田橫以為酈生出賣了自己，便將酈生烹殺。酈生，即酈食其。

◎安期生，亦稱安丘先生。琅琊人。師從何上公。東漢末白日飛昇的仙人。

54. 白幽求巧至仙府見真君

唐朝貞元十年，秀才白幽求多年不第（沒上榜做官）。那一年失志了。就跟從新羅王子過海去，在大謝公島附近，夜裡遭大風襲，就跟徒弟及同伴數十人的船被風吹著走。向南奔馳了兩日兩夜，不知走了幾千萬里，風稍停一下，他們慢慢走。看見有山林，就把船槳放正，眺望一下，等船行到前面，看到有萬仞高山山的南面半壁有城的牆壁。還有台閣門宇非常壯麗。然後他們就繫舟上岸。到城一、二里的路，都有龍虎列坐於道路兩邊。看見白幽求就虎視眈眈的。他十分恐懼，想叫人跟從，但彷彿失去聲音，嚇得叫不出來。接著是大樹很奇怪，樹枝被風吹著相磨，如同人說話像誦詩的聲音，白幽求仔細聆聽，乃是說：『玉幢亘碧虛，此乃真人居。徘徊仍未進，邪省猶難除。」

白幽求猶疑著，不敢貿然前進。突然有一個穿著紅色衣服的人，自城門出來，傳敕令說：『西岳真君來遊。』諸龍虎都俯伏說：『未到。』白幽求就走向前。看見紅衣人不理他而進入城去了。白幽求進退不得，旁邊很多龍虎都時時看著白幽求。他盤桓一下。城門中又有數十人出來。龍虎就跑起來，那些人也乘著龍虎下山。白幽求就跟隨他們，走到繫舟處。許多騎龍虎的人，都直接踏在海面上行走。一會兒就隱沒在遠遠的碧海中了。白幽求不知如何是好。舟裡面準備了飯食。忽然看見從西邊有撐著旗幟節符的隊伍，有千人，還有鸞鶴青鳥在前面，飛來引路。這些人騎著龍，掌控著老虎，有的人乘著大龜，乘著大魚。也有乘朱鬣馬的人穿紫雲衣和日月衣。上面張著翠蓋，像風一樣的飛起來。白幽求只有俯伏在地上而已。

進入了城裡，白幽求又隨著觀看。諸龍虎都依次列位。跟樹木花草鳥雀等物，也都很有規矩的盤旋如跳舞般的歸位。白幽求也不知不覺的身體開始舞蹈。一頓飯的時間，紅衣人手持一牒（小而薄的竹簡）出來。對著龍虎說：『出使水府君，龍虎不要在前。』紅衣人乃向白幽求受牒。白幽求不知如何是好。紅衣人說：『出使水府。』用手一指，白幽求隨著他一指，就身體像乘著風一樣，立刻下山入海底了。他雖然進入水中，而不知道是水裡。朦朧的像在白日中行走。也有樹木花卉。觸碰到有珠寶的聲音。須臾一會兒，到了一個城。宮殿屋宇很雄偉。看門人很驚訝相看，就在路旁俯伏。突然有數十人，都是龍頭鱗身的人，手執旗杖。他們引導白幽求進入水府。

水府真君在宮殿北面的殿下，親自授符牒給白幽求。揖拜起來，就出門去了。已經備有龍虎的騎乘和侍從，儼然要一起走了。一瞬之間就回到之前的城中。白幽求到門口，又不敢進入了。雖然他沒吃飯，也不覺得餓或累。過了一會兒，有尋找水府使者的。白幽求應聲唯唯諾諾的進入。在殿前下拜，帶到西邊廊下。接著諸使的後面坐下。飯食都不是人間所能吃到的美味。慢慢問諸位使者：『這裡是什麼地方？』回答說：『諸真君的遊春台。主人是東嶽真君。春夏秋冬各有位次。也各在諸方。主人也各隨地方分屬。在宮殿的東廊下，有數百人的玉女，在奏樂。白鶴孔雀都張著翅膀，動著足在跳舞。對應著玄歌。

傍晚了就出宮殿。在山東側為迎月殿。又有一宮觀可望月。到申時，明月就出來了。諸位真君各自吟了迎月詩。其中一位真君的詩說：「日落煙水黯，驪珠色豈昏。寒光射萬里，霜縞遍千門。」又有一位真君詩說：「玉魄東方開，嫦娥逐影來。洗心兼滌目，光影遊春臺。」又一位真君詩說：「清波滔碧烏，天藏黯黮連。二儀不辨處，忽吐清光圓。」又一真君的詩說：「烏沉海西岸，蟾吐天東頭。」忘了下一句。其餘詩也忘了。賦詩完，真君命上夜戲。一會兒，兒童和玉女三十多人，有的從空中，有的從海面而來，吹著笙簫等樂器。更唱和不已。有唱步虛歌的，數十百曲。白幽求記其中一首詞：「鳳凰三十六，碧天高太清。元君夫人蹋雲語，冷風颯颯吹鵝笙。」到四更天，有緋衣人走入，鞠躬屈膝的說：『天要亮了。唯唯小心的出去。真君命大家各自告辭。』

次日，昨天的紅衣人屈膝的說：『白幽求已經充當水府使者，有功勞績效了。』諸真君商議說：『就叫他在遊春台灑掃。』白幽求不好意思的拜乞想回歸故鄉。有一個真君說：你居住在何處？』回答說：『在秦中。』又說：『你是為何念念不忘歸鄉呢？』白幽求沒答。又說：『使者隨我來。』紅衣人指著叫他隨西岳真君去。諸真君也都各自下山了。而且他們都有自己的龍虎鸞鳳、朱鬣馬、龜魚可乘坐。也有自己的旛節羽旄旗幟。每一個真君，有千餘人跟隨，在海面如履平地的行走。白幽求也駕舟跟隨西岳真君。之後，像是自然有順風一般，像雷電一般迅速。天亮時到一島，看見真君向上飛去。白幽求因駕舟受限，就離舟上島，目送真君，像看見旗節漸漸隱沒。白幽求這時才悔恨痛哭。而慢慢迤邐上島行走。看見有人煙，漸漸走向前就問說，此地是明州。卻又高興是回到以前的國家了。白幽求開始不吃糧食，常服用茯苓。喜遊山水，多半去五岳。永遠絕了做官的念頭。（出《博異志》）

55. 李球入風洞有奇遇

李球是燕人。在寶曆二年，與朋友劉生遊五台山。山上有風穴。遊人都會先喧聲呼叫，和投物有撞擊聲。隨即就會有大風震動發作。揭去屋頂、拔起樹木，一定會危害物種。所以登山的時候，都會相互告誡，不要去觸動風穴。

李球到達風穴口，遊戲的投執一塊巨石於風穴中很久石頭聲才停止。果然有大風迅速發作。有一柱木頭，隨著風飛出來。李球性格凶悍軒昂，毫無顧忌。就力扳此木，卻墜入風穴中。李球被木所載入，也無法出去。很久才到地上。看見一個人形像獅子一樣的人，卻說人話。他引導李球進入洞中的齋內。

看見兩個道士在下碁。道士看見李球很高興，問李球修什麼道。李球一向不知修道之事，默然無以為對。二仙人就責問引導來的人說：『我這可是修真道，最重要的是：要傳授有骨相的人、習道之人。你為何隨便引凡庸者入我的仙府呢？趕快帶出去。』

就給他一杯水叫他飲。對他說：『你雖是凡流之輩能看見我洞府。走到我的真境。也算是有一點道份的人。只恨你素來不習道，不能告訴你修行之真要的事。可以回去了。若有希望長生之心，或是出世的志向，他日也可再來。飲用了此神漿，也能延年益壽了。』

李球飲水拜謝完畢，引導者將李球送至來時的洞側之旁，指示從別的路說：『這座山是道家紫府洞。』

『在五峰之上。都是藉著四海的奇寶來鎮住峰頂。就像茅山洞，是用安息金墉城之寶，來鎮住有春山雜玉，環水香瓊，來穩固上真之宅院。這座山東峰有離岳火球，西峰有麗農瑤室。南峰有洞光珠樹，北峰有玉澗瓊芝。中峰有自明之金、環光之璧。每當積陰將散去，久暑將下雨，就是眾寶物交光閃亮的時候。照耀灼亮巖嶺。春天時天將曉，秋天時天漿黑暗的時候，則是九色之氣屬於天光輝閃爍在雲的表面　。太帝命令韓司少卿、東方君與紫府先生同領六年仙寮中的神王和力士，鎮守在這裡，故稱為「神仙之府」。』

『這裡的神仙洞有三個門：一條徑路往西通崑崙。一條往出去，到此山巖之下。一條路是向來風穴。是此洞府的首端之門。都有龍蛇看守。』

『先生有敕令說：『有巨石投於洞門，打中我們的柱子。是世上將會有得道之人，要來此地受道。』就叫我引進。』

『我也是長久學道的人，可以証得仙品等級。為了積功德之外，口業不除的話，以從前的功德來陰庇，我得以守此洞穴之口三百年後，我也要超界為神仙了。以口業的問題做看洞門的人。』

『我遵守先生的命令，剛好你投石打中柱子，依上面的教導來引進你，實在不知你是遊戲投石的。然而數百年來，來投石的人很少。也沒打中柱子的。神仙的宮闕，不容易來一趟。你也會得到玄妙的津液這裡有往北巖的徑路，可讓你快速回人間。』

就從　衣帶中拿出三丸丹藥。用一微末枯枝串著。跟李球說：『路邊如果看見異物，用此藥指著它，就不危害了。若吃此藥，可以治病。』

李球拿著此藥，走在黑暗的洞穴中，藥本身有光，像火一樣。路上有很多巨蛇，張口要咬李球。他用藥指向蛇，就匍伏不動了。於是就出了洞門。洞門外，有半枯朽的古樹，幾乎要掩蓋堵塞洞口了。李球摧毀土壤朽樹，很久才出來。這時候發現，已在是寺門外了。

先是，劉生失去李球的蹤跡。李球的兒子李芳以此誣告劉生。懷疑他害了自己的父親，要到官府去訴訟。因寺裡有大齋祭，就還沒空去。既然看見李球回來了，眾人都很欣喜。就一起聊了所見的奇異的事情。並以三丸藥中，各一丸給劉生及自己的兒子李方吃。

乾符年中，進士司徒鐵和李球分開了三十多年。分別時李球有六十歲。鬍鬚已經全白而垂著。在河東見到李球時，已年歲為九十多了。容貌狀態像三十多歲的人。

所談到經歷奇遇，說：『服藥到今天，是老而更壯，不喜吃東西。』李球的兒子也像三十多歲，堅定意志要修道。後來李球與他的兒子一起入王屋山裡去了。

（出《傳拾遺》）

56. 軒轅先生在宣宗前展道術

羅浮先生的名字是軒轅集。年紀已有數百歲了。容貌並不衰老。站在床前，他的頭髮很長，可垂到地上。坐在暗室中，則目光很犀利。可看數尺遠。常在山巖峻谷中採藥。毒蛇猛虎都會護衛他。有時民家有人備齋飯邀請他去吃，雖然一天中有一百處同時邀請，他也能有分身去出席。若跟人飲酒，他會從袖子中拿出一壺，可盛成三、二斤的酒　壺出來。縱使有滿堂的賓客，酒壺中所倒出的酒，一整日也不停歇倒也倒不完。

也有人請他飲酒，他就是飲了百斗的酒也不會醉。當夜晚的時候，他就把頭髮垂在盆中，則白日喝的酒都瀝瀝的流出來。酒麴的香味，一點沒減少他也會與獵人一起相伴，也有不是同遊的人一起，忽然有十數個出現，容貌衣裝和常人沒有分別。

他有時可將朱篆符令在空中飛行。可以達到千里之遠。生病的人用布巾來擦拭沒有不立刻痊癒的。

唐宣宗將軒轅先生召入內廷，待遇很優厚。問他說：『長生之道可以做到嗎？』

軒轅集說：『停止聲色遊樂，去掉滋味厚重的食物。不哀不樂，情緒始終穩定如一，養德與布施沒有偏頗。自然與天地之德相合，德行與日月一起明亮，達到堯舜夏禹、商湯等聖人之道。這樣長生、長久之術有何難呢？』

又問軒轅先生說：『誰的道術會超過張果？』回答說：『臣子我不知道其他的事，但能力少於張果。』

軒轅退下後，皇帝遣嬪妃，取來金盆蓋住白鵲來試探他。而軒轅才在會所休息，忽然對來的中貴人說：『皇帝怎能更改命令，讓老夫來射死牠嗎？』中貴都不傳喻那些話。此時宣宗的召令很快到了。才到玉階。軒轅就說：『盆下的白鵲，要早點放掉。』宣宗笑說：『先生你早就知道了呀！』

坐在御榻前，宣宗命宮中人拿湯茶來。有人笑話軒轅集的長相很古樸素衣，且黑髮紅唇，開始是二八少年的樣貌。一下子他又變成老太婆的樣貌。臉上皺紋雞皮駝背，但鬢髮如絲。在宣宗面前涕泗縱橫。宣宗知道是宮人侍者之過失。就下令向先生道歉謝罪。而他面貌又回復以前一樣了。

宣宗說京師沒有豆寇荔枝花。忽然立即出現兩花，連帶葉子，有上百枝，很新鮮芬芳整潔，像剛摘下的一般。

皇帝又賜他柑子。奏說：『微臣的山下，有味道超過這柑子的柑橘。』

宣宗說：『朕得不到啊！』

軒轅集就拿了御前的碧玉甌。用寶盤蓋著，一會兒側撤去盤子。柑橘就來了。香氣充滿宮殿，其形狀非常大。宣宗吃了一個，讚嘆它的甘美沒有可比的。

又問說：『朕能有幾年做天子呢？』

軒轅集用筆寫出說：『四十。』但十字一直跳動。宣宗笑說：『朕哪敢希望有四十年啊？』到宣宗晏駕離世。只有十四年。

軒轅集起初辭老歸山，從長安到江陵。他從布囊中拿出金錢施捨貧人。大約有數十萬。中使跟著他，不知原故，忽然軒轅集不見了，使臣很惶恐不安。過了數日，南海郡奏說：先生已回到羅浮山了。（出《杜陽篇》）

57. 陳惠虛白日昇天

陳惠虛是江東人，為僧人。住在天台國清寺。曾和同道一起遊山，經過一石橋，水急鮮苔很滑，有萬仞瀑布懸著，深不見底。眾僧都害怕戰慄不敢過去。惠虛獨自輕鬆而過了，徑自上了石壁。到傍晚 也不返回。群僧侶都不去了。惠虛到石壁外面，有一點很小的路徑。走過去，稍稍平坦開闊一些，就到了一間宮闕，這裡有萬叢花卉看不完。有台閣連著十里多，看見其門上題匾額說：『會真府』。左門額上寫『金庭宮』。右額上寫著『桐栢』。三門鼎立對峙相向著。都有金樓玉窗高一百丈。

進入右邊內裡的西邊，又有一高樓，有黃門，題曰：『右弼宮』。四周環顧有數千間房舍。曲繞相通著。這裡的景象是碧玉階梯，有流泉激水處處都十分華麗。使人忘去歸去。但卻沒有人跡。又進入一個庭院，看見有五、六個青童，說笑著走了。再三去問他們，才回應說：『你問張老。一會兒回頭看見一老頭，拄杖拿著花兒走來。驚訝的說：『你這個凡俗人，怎麼忽然到此地來？』惠虛說：

『我曾聽說石橋就有羅漢寺。人世間也常聽到鐘聲。所以來尋訪。貧僧幸會，能到此境地。不知羅漢在哪裡？』張老說：『這裡是真仙的福庭。天帝的下府。稱做金庭不死之鄉，蓄養真道之靈境。周圍有一百六十里，有神仙右弼、桐栢、上真王君來主管。有列位仙人三千人和仙王、力士、天童、玉女。各種有萬人。是一個小都會之所。太上府君一年有三次降臨此宮殿。來校定天下學道之人的功力品第之高低。這是神仙的都所。不是羅漢住所。王君是周靈王之子。瑤丘先生的弟子。仙位是上真。』

惠虛說：『神仙可以學嗎？』張老說：『積存功，累積德，肉身就可昇天。主要是要立志堅強長久。你能看見這個福庭，也是有可學神仙希望的。』

又問說：『學神仙從何入門？』

張老說：『內在用保養精神、練氣。外在以服用丹藥精華，慢慢就變化為神仙了。是神丹的功勞啊！你不可在此久住。上真君王剛好遊東海去了，他的車騎衛隊如果回來，恐怕會有論責咨罪。』就帶惠虛出門。走了十餘步，已到國清寺。惠虛自這次慕道，喜好丹石，雖然衣履簡弊，不以為簡陋。聽聞哪裡有爐火煉丹方術的人，就不遠千里去見他。練丹所花費，也非常多了。

晚年居住在終南山捧日寺，年紀漸漸衰老。但卻急切求道。於是生病臥床一個多月。身體十分羸弱疲憊。

一天，在暴雨之後，有一個老叟背著藥囊進入寺中，大聲呼叫：『賣大還丹。』老叟繞著廊舍好幾回。眾僧都笑他。就指著病僧惠虛的門跟老叟說：『這一個老頭很愛大還丹，可以賣給他。』老叟很高興的見惠虛去了。

惠虛說：『大還丹我知道是靈藥。一劑要多少錢？』老叟說：『隨你的能力可付多少？』惠虛說：『這是老病。沉淪困在床上一個多月。昨天該到我的僧次，但動不了。託臨僧代為齋祭，得到少許的紅包錢。可以買藥嗎？』老叟取了錢，而留下數丸藥。教他服用之法。惠虛就吞服了。老叟就走了。眾僧相繼來問說：『已買了大還丹，也吞服了。』

傾刻間，很久的疾病都痊癒了。惠虛他遠遠的制止眾僧說：『不要上前，覺得很臭！我的疾病痊癒了。但要換新衣。』

他立即跳身起床，姿勢像飛躍。眾僧都驚嘆著。拿了新衣給他穿了。他忽然飛到殿上面，待在上面很久，然後揮手和大家道別。繼而冉冉昇天而去了。這時間是大正十二年戊寅年的時候。這一年回歸『桐栢觀』跟道友說自己得道的緣由。說：『現今在『桐栢宮』中賣藥的老叟，就是張老。』說完就隱去了。（出《仙傳拾遺》）

58. 溫京兆得罪真君

唐朝咸通壬辰尹正天府的溫璋性格喜歡貪污納賄，敢殺人。所有的人也都畏懼他的嚴厲殘忍而不犯他。於是就有了能治理的能幹之名。舊制上，京兆尹會出現，常要使衢道安靜暢通，讓里門關閉不出。如果有在京兆尹所走的道路前笑鬧的人，立即杖殺。

這年秋天，溫璋從天街出來，將要去南邊的五門。其騎衛大聲喝斥，虎虎生風。有一個黃冠老（老農民）背痀瘻著，穿著破衣拖著拐杖，將橫擋在車馬前。車馬官喝斥也無法趕走。溫公就命令把他抓來，鞭笞二十下。這個老黃冠卻甩了袖子而走了。像是沒有疾苦的人一般。溫公很詫異。叫老街吏去暗地的窺看他。又命人把老黃冠扣留。既然知道他的行跡，黃昏過了，蘭陵里向南入了小巷，中間有衡門。就是那人停止的地方。老街吏就進入了。

有黃冠數人，來恭謹的謁見。而且說：『真君為何來遲呢？』回答說：被兇的人所侮辱了。可以準備湯水。』黃冠前面引路。頭上有雙鬟的青童也進入。老街吏也隨後跟著。過了數個門，廳堂很華麗，修竹夾道，好像王公的甲第。還沒到庭院，真君回顧說：『為何有俗人的物氣？』

黃冠們爭著去搜索。老街吏更躲不了了，就被他們抓了。看到真君。老街吏叩頭伏拜。具實述說溫公的意思。真君十分盛怒說：『這個酷吏！不知道自己所造的禍，將要滅族，死到臨頭，還敢放肆毒害別人。罪過不可赦免。』真君斥喝老街吏回去了。老街吏拜謝走了。一回去就去謁見京兆尹溫公。這時已是深夜。溫璋聽到老街吏來了，被驚跳起來。到便室召他來。老街吏悉述所見之事。溫璋大大嗟嘆惋惜。

第二天將日暮時，溫璋又召老街吏來引路。溫璋微服與老街吏一起去謁見黃冠所居住的地方。到天明，老街吏敲門，應門者問是誰？說：『京兆溫尚書來謁見真君。』就引去闢室。老街吏先入拜。然後說：『京兆尹溫璋。』溫璋再進入拜見。真君裾坐堂上，頭戴遠遊冠（唐朝冠冕），身穿九霞衣。臉色面貌很嚴峻。溫璋伏地而敘述說：『弊人任職管糧食的官。必須要有鎮肅人的權力。如果稍微懦弱膽小，就會損害威信跟名聲。昨天不當凌辱了大仙。自己知道有罪過，故來自首伏罪。所幸您賜下哀憐矜照。真君責備他說：『你殘忍好殺立威名，不厭其煩專門求利。災禍將來了，還要逞兇擺威。溫璋叩頭哀求右四次。而真君終於還是怒火不消。不許他。一會兒，有黃冠自東序過來，拱著身子站在真君身側。跪啟說：『京兆尹雖得罪您了，但他是天子的亞卿。何況真君洞是他職務所統管的。適宜少少降一點罪。』說畢。真君令黃冠拜揖溫升堂。另外設一小榻。令他坐。命上酒飲了數回。但真君的怒色仍是不變。

黃冠又回答說：『京兆尹的忤逆犯罪，實在難寬宥。然而真君微服到塵世間遊，俗人怎認得白龍魚服。看見窮困的而會欺負，是常理。要審思一下。』

真君默然。很久，才說：『寬恕你的家族，這裡也不是可長留之所。』溫璋就起身在庭中拜謝而走了。

他與老街吏疾行到府第，已經敲了曉鐘了。雖然他跟親近的人說，但也叫秘秘不准說。

第二年同昌公主薨逝。唐懿宗傷心禱念不止。恨藥石無效。醫家韓、宗、紹等四家被追究定罪，將要誅殺掉。而溫璋買通獄令緩刑。收納宗紹等家的金帶及剩餘貨物，有數千萬錢之多，事情被發覺，服毒而死。（出《三水小牘》）

59. 嵩岳嫁女

唐朝元和年間，洛陽人田璆是精通三禮（指《儀禮》、《禮記》、《周禮》列為三禮）的人。非常有文化通熟群書。與他的朋友鄧韶，都是有相同博學的人，都是因大眾很愚昧，所以無法彰顯他們的智慧聰明。他們都家住洛陽。

在元和年間，癸巳年的中秋月明的時候，田璆帶著酒，在晚上出了建春門。想在鄧韶的別墅賞月。走了二、三里路，遇見鄧韶，他也帶著酒自東邊而來。停住馬在道路旁，沒決定要如何走。

有兩個乘著聰馬的書生，也出建春門。向田璆、鄧韶揖拜說：『二位君子，嗜好飲酒。難道非要在今夜月圓之地嗎？弊莊有水竹臺榭，聞名於洛下。向東南方二、三里就是。若能曲折轉馬頭，希望和你們展開一見如故的好友情份。田璆與鄧韶也很滿意所想的，就隨他前往了。問這人的姓氏，他卻多用其他的話來相對。走了數里路，月亮已升起。到一車門前，開始進入時，覺得十分荒涼。又走了數百步，有異香迎面而來，則豁然開朗有真實的情境了。泉水瀑布相互交流。

道路兩旁有松桂夾道。到處有奇花異草。明燭照耀如白晝一般。有鳥雀騰飛，和月亮相和。田璆與張韶請求用快馬送酒。

那個書生說：『足下你的酒器中，覺得味道如何？』

田璆與張韶說，『我們帶的是「乾和五酘」（南漢中宗劉晟乾和年所五次再釀的酒）就算是三清宮的醍醐之味，也不比這種酒好。』

書生說：『我有瑞露酒。是在百花之中釀造的，不知道與你們的五次釀造的酒，誰是最熟透的？他跟小童說：『折一支燭庭花，倒給先生們嚐一嚐。』燭庭花一枝上有四朵花，花瓣圓像小瓶子，直徑有三吋多。綠葉像杯子。觸碰它有餘香。小童折花拿來，在竹葉中一起，傳觴了數回，其味香甘，難以形容。

飲完酒又向東南走數里路。到一個門前，書生作揖，請二位客人下馬。又用燭庭花中剩餘的酒傳觴飲酒，賞給每人一杯。都喝的酩酊大醉，各自在門外停步。

又引客人入內，有數十隻鸞鳥、飛鶴飛騰舞蹈來迎接。再走向前，繁花更多。酒味很甘美。路旁的花枝相互搭壓著，吐露芳香。凡是走到池塘、館閣、堂室、水榭，都陳列者宴席盤盞像是在等待貴客。但是書生並不留田璆與鄧韶坐下。田璆與鄧韶因飲太多酒，走路又疲倦，就請求在筵席的地方休息一下。書生說：『坐在這裡有何難？但會對君不利。』田璆與鄧韶詰問原由。書生說：『今夜是中天群仙，都會於此處山岳。入仙籍的二君神魄，要不雜有腥羶的味道。要以知道禮節的方式，導向昇天或謫降。這都是諸仙人的座位，不可有俗塵的氣息觸動到。』說畢。看見北邊前方有花燭照亮滿天。簫和韶的音樂 熱鬧的在空中大聲沸騰。停著雲母的雙車在金堤旁邊。又擺設水晶方盤，在美麗的帳幄內，群仙就開始彈奏霓裳羽衣曲。

書生往前走，命田璆與鄧韶拜見夫人。夫人拉開帷帳笑著說：『下界塵世中的人，而能知道禮貌，但是服食葷腥之氣，猶然薰人。不能靠近他，可以賞他們薰髓酒一杯。』田璆與鄧韶喝完薰髓酒，感覺肌膚溫潤了，和平常人不一樣，呼吸時都有意外香氣。

夫人問左右侍者說：『是誰把他們招來的？』回說：『是衛符卿、李八百。』夫人說：『就叫這兩個童子接待他們吧！』於是，二個童子帶引田璆與張韶到神仙之後縱目（觀望台）觀看。

田璆向童子說：『主持儀式的人是誰？』童子說：『劉綱。』田璆又問：『充當侍者的是誰？』回答說：『茅盈。』又問：『東鄰彈箏擊築的女子是誰？』回答說：『麻姑、陶自然。』『幃帳之中坐著的人是誰？』回答說：『西王母。』一會兒，有一人駕鶴而來。王母說：『久望。』看玉女問：『禮生來了沒有？』於是引導田璆與鄧韶進殿。站在碧玉堂下面左邊。劉君笑說：『剛好逢到蓮花峰道士上奏章，必須決定派遣事情。還有很多沒來的客人，為何說：「久望」呢？』

西王母說：『上奏章事的人，有什麼事？回答說：『浮梁縣令請求延年益壽。因其人賄賂官員又行苛政、虐政。記錄在案牘之上。蔑視忠恕之道，只鑽研在錢財上。做更多巧計陷害人。自己製造覆滅。因而折損壽命。但因蓮花峰叟屈從於人，奏章懇切，特別衡量將死限壽命延長五年。』田璆問：『劉君是誰？』回說：『漢朝天子。』接著又有一人，駕著黃龍，戴著皇旂（旗竿頭繫鈴做裝飾的旗子）有笙歌夾道歡迎。侍從是嬪妃嫡親的人。到了王母的瑤帳之下。王母又問，『李君為何來晚了？』回說：『為了下令讓龍神安排水旱計劃。與雨彌漫淮蔡地方，用以殲滅妖逆。』

漢主說：『百姓怎麼辦呢？』李君說：『上帝也有這個疑問，我一道表章就解決他的問題了。』又問『可以聽聽看嗎？』回說：『不能全記得，略舉大綱吧！這個表章說：「某縣令有治理才能，德政普及千萬百姓，履行職責，如如履薄冰。又知道深淺。不敢荒怠，也不怕舟車勞頓與辛苦。平復夏巴蜀的妖孽，不花費天府的力氣。掃蕩東吳上黨的妖孽。九成已看見清理完畢。只有一方還有妖孽侵擾。我認為淮蔡地方受到這些虺蜴肆虐的苦痛，豺狼還猜疑他的口喙問題。螻蟻還要保衛其疆土，倘若讓歲時豐收，人心安定，這就使群醜豐裕。只有莊稼欠收有災害，人心就會動搖。老百姓就會倒戈來攻打。可以席捲整個的三州逆黨。如此所受的損害也最小。安定天下疾苦的百姓。其利益較厚。請龍神施雨水。厲鬼施行災害，由此會有天誅來資助戰力。』

漢帝說：『表章寫得很好，既然允許了就可以提前祝賀誅殺除去妖孽了。』

書生告訴田璆與鄧韶說：『這個皇帝就是開元天寶的太平之主李隆基。』

一會兒，又聽聞到簫韶音樂從天空傳來，手持絳節的使者，向前唱言說：『穆天子來了，奏樂。群仙都起立。王母也離席拜迎。二位主人在階下相揖拜。接著入幄帳環坐而飲酒。

王母說：『為何不拉老軒轅來？』回說：『他今天主持月宮的酒宴。並不是不勤勞受請。』

王母又說：『自從瑤池一別之後陵谷幾次變遷，以前常看的洛陽東城，現在已是丘陵廢墟了。定鼎門西路，又突然變成新集市朝雲。能得到名和利依然和以前一樣。讓人悲嘆。』

穆王敬酒，請王母唱歌。她以珊瑚敲擊盤子而歌。歌曰：『勸君酒，為君悲。』又吟詩說：「自從頻見市朝改，無復瑤池晏樂心。」王母拿著杯子。穆天子歌說：「奉君酒，休嘆市朝非。早知無復瑤池興，悔駕驊騮草草歸。」歌唱完了就跟王母聊瑤池的舊事。然後又再唱歌。

重新一章說：「八馬迴乘汗漫風。猶思往事憩昭宮。晏移南圃情方洽，樂奏鈞天曲未終。斜漢露凝殘月冷，流霞盃泛曙光紅。崑崙回首不知處，疑是酒酣魂夢中。」王母酬謝穆天子歌說：「一曲笙歌瑤水濱，曾留逸足駐征輪。人間甲子週千歲，靈境盃觴初一巡。玉兔銀河終不夜，奇花好樹鎮長春。悄知碧海饒詞句。歌向俗流疑悞人。」

傳觴酒杯到了漢武帝。王母又唱歌，歌詞說：「珠露金風下界秋，漢家陵樹冷脩脩。當時不得仙桃力，尋作浮塵飄隴頭。」

漢帝又敬王母酒說：『五十多年四海清明，自己親自吃丹藥，煉藥得到長生。若都說是仙桃的力量，看神仙簿上的名字中。』

皇帝把酒說：『我聽說丁令威能唱歌。命左右召他來。丁令威到了。皇帝又令子晉吹笙以和歌，歌說：「月照驪山露泣花，似悲仙帝早昇遐。至今猶有長生鹿，時遶溫泉望翠華。」皇帝拿著杯子很久。

王母說：『應該要召葉靜能來唱一曲當時的事。竟能又到了。跪著獻給皇帝酒，又唱歌詞：「幽薊煙塵別九重，貴妃湯殿罷歌鐘。中宵扈從無全仗，大駕蒼黃發六龍。粧匣尚留金翡翠，暖池猶浸玉芙蓉。荊榛一閉朝元路，唯有悲風吹晚松。」歌畢。皇帝玄宗淒悲了很久。諸仙也悲淒不已。於是黃龍持杯了，又於車前再拜祝說：『上清神女。玉京仙郎。在今夕為樂，鳳凰和鳴，鳳凰和鳴！將翱將翔，與天一齊方休，一直慶祝下去。』

仙郎立即以鮫綃（音交消）（鮫人所織的絲絹）五千匹海人所做的文錦三千匹。琉璃琥珀的器具一百個。明月驪珠各十斛，贈給奏樂仙女。又有四隻鶴站立車前，載仙郎和侍者離去。還有寶花台。忽然進去 膳食，有數十味菜，也惠及田璆與鄧韶。讓他倆飲酒。有仙女捧著玉箱，托著紅牋筆硯而來。請他們寫催妝詩。於是劉剛寫的詩說：「玉為質兮花為顏，蟬為鬢兮雲為鬟。何勞傅粉兮施渥丹，早出娉婷兮縹緲間。」於是茅盈詩說：「水晶帳開銀燭明，風搖珠珮連雲清。休勻紅粉飾花態，早駕雙鸞朝玉京。」巢父詩說：「三星在天銀河廻。人間曙色東方來。玉苗瓊蘂亦宜夜。莫使一花衝曉開。」詩拿入內室中。內有環珮聲，馬上有玉女數人，引仙郎入帳幄。

此時召田璆與鄧韶行禮，書生引他們向夫人（王母）告辭。夫人說：『並非是重要寶物，可以相贈。但你們的力量不適合提拿。』各賜延壽酒一杯。說：『可增加人間半甲子的壽命。』又命衛符卿等人把田璆與鄧韶等二人引帶回人間，不要讓他們在歸途上寂寞。於是二童引導田璆與鄧韶走了。但還折花倒酒，一步步惜別。衛符卿跟田璆與鄧韶說：『夫人是白日昇天的，騎鸞鳳駕鶴，在累積學習而已。沒有積德、累積仁慈，沒有懷抱才能，沒有蘊藏學問，是不能享受到爵祿的。如果你們能突破塵世的桎梏，從今開始十五年以後，我在三十六峰等你們希望珍重自愛。又從來時的車門握手告別。走了四、五步，那人不見了。只有嵩山高大倚天嵯峨　。二人走樵夫的山徑而歸家。到回家，已經過了一年多。家人招魂葬在北邙的草原。墳草都很很久了。於是田璆與鄧韶棄家，一起去少室山。然後不知所終。（出《纂異記》）

60. 裴航娶妻

在唐朝長慶年中，有一個秀才裴航因落第而遊於鄂渚地方。去見故舊友人崔相國。相國送他二十萬錢。他就帶著回京。就租巨舟航行在湘水之間。同時舟上載有樊夫人。她貌美如國色天香。在言詞之間優雅、融洽。裴航對人雖親切，但對想會面無計可施。就賄賂她的侍妾裊煙。送詩一篇給樊夫人說：「同為胡越猶懷想。況遇天仙隔錦屏。儻若玉京朝會去。願隨鸞鶴入青雲。」詩送去了很久沒回答。

（詩的意思是說：『同是南北一國的人，但仍有懷想。何況有天仙隔著錦屏呢？倘若京城去參加會考，願意和你一起完成青雲之志。考中後就娶你。）

裴航數次詰問裊煙，裊煙說：『娘子見詩若不聞問，又怎樣？』裴航無計策，就在道途上尋求名酒珍果獻給樊夫人。樊夫人就叫裊煙招裴航見面。等到牽起幃帳，美人的肌膚玉瑩光寒，像美麗的花和美景。頭髮雲鬢如雲般低垂。眉毛像淡月般修整。舉止像煙霞神仙方外之人。居然肯與俗塵的人為偶，裴航感動的再揖拜。

但驚愕的看一下，直視很久，樊夫人說：『妾身有夫婿在漢南，將要棄官而去巖谷幽棲隱居。召我來做一訣別。心裡哀慟。打擾你，考慮不如期望，豈不是將多情留意他人為佳。不然呢？我很高興與郎君你同舟共濟。不要以戲謔為有意啊！』裴航說：『不敢！』飲酒畢而回。這個人操行像冰霜一般，不能冒犯。

樊夫人後來又叫裊煙送詩一首給裴航說：「一飲瓊漿百感生，玄霜搗盡見雲英。藍橋便是神仙窟，何必崎嶇上玉清。」裴航看了，空自愧服不已。然而亦不能洞悉詩的旨趣。後來更不再見樊夫人。即便裊煙來寒喧，也不熟捻了。就到達襄漢。樊夫人與婢女拿了粧奩，不辭而別。

所有的人都不知道其蹤影。裴航到處尋訪，沒有一點蹤跡徵兆就把裝飾品放在車輦上。經過藍橋驛站旁邊，因很渴，就下車求飲水。看見茅屋有三、四間，低矮又狹窄。有一個老嫗在緝麻苧。裴航揖拜求喝水。老嫗很兇地說：『雲英拿一甌水來，郎君要飲。』裴航很訝異，記起樊夫人有詩中提到「雲英」的句子。深深感到是自己沒會意。突然從葦草箔簾下，伸出雙玉手捧著瓷器，裴航接過來飲用了，真是玉液啊！只是覺得有特別的香氣氤氳從窗戶外透過來。喝完還甌的時候，一下子揭開蓆箔，看見一個女子，容貌十分美麗、嬌聲而掩面，遮蔽身體。像蘭花隱在幽谷中。也不足以比擬她的美麗。裴航驚嚇到，雙足像種在那裡，而不能動。就對老嫗說：『我的僕人和馬匹都很飢餓，希望能休憩在此，會厚賜答謝，希望不要阻擾。』

老嫗說：『任郎君自便。』就立刻去給僕人吃飯和秣馬了。

過了很久，裴航對老嫗說：『一向看小娘子艷麗驚人，有擢世的姿容，所以躊躇不敢來說。我願納厚禮而娶她，可以嗎？』

老嫗說：『我已許嫁一個人了。但時間沒到，我現在老病，只有此孫女。昨天有神仙來，送了少許靈丹。但需用玉杵臼搗百日才能吞服。可以得到後天的養老。你若要娶此女要拿玉杵臼，我可以給你。其餘的金帛之物，對我沒有用處。』

裴航拜謝說：『我願意以百日為期，必定攜杵臼而來。你不要再許他人了。』

老嫗說：『當然。』裴航恨恨而去。

裴航到京師，也不以考舉的事情為重要。只在油坊、鬧市、喧鬧處，高聲問那裡有玉杵臼？遇到朋友，也不相識大家都說他是狂人。過了數個月。

一天，遇到一個賣玉老翁說：『最近知道虢州藥舖下老說：有玉杵臼要賣。郎君如此懇求，我當為你寫信引導。』裴航很小心的去買，果然獲得玉杵臼。

卞老說：『沒有二百吊錢不可得。』裴航傾囊。又兼賣僕賣馬，才湊到數目就單獨的抵達藍橋。

昔日所見的老嫗大笑說：『有這樣的守信之人嗎？我怎會愛惜女子而不酬謝其辛苦呢？』女子也微笑說：『雖然如此,他還要為我搗藥百日,才能商議結婚。』老嫗從襟帶中取出藥。裴航隨即就開始搗藥。白天做，晚上休息。夜裡老嫗就收藥在室內。裴航又聽到搗藥聲。就偷窺一下。有玉兔在持杵臼而室內光輝白亮如晝。連毫芒都可以看到。於是裴航意志更堅定。

到百日那天，老嫗將藥吞服了。說：『我要入洞去告訴姻親們，要幫裴郎準備帳幃。』就帶女子入山了。對裴航說：『你留在這此地一會兒。』

即日，環看周圍車馬僕隸，迎著裴航前去。另外看見一間大門第連著，有珍珠鑲的門扉。晃著日光。屋內有帳幄屏幃，珠翠珍玩，沒有不極度臻美的。愈像貴戚的家門。仙童侍女引導裴航入帳行禮畢。裴航拜老嫗，哭泣感動。

老嫗說：『裴郎你是清冷裴真人的子孫。本來有出世的事業。不足以對老嫗來深深愧疚。』引見諸賓客，大多是神仙中人。後有仙女，梳著鬟髻，穿霓衣，說是妻的姊姊。裴航拜完。

女子說：『裴郎不認識了嗎？』

裴航說：『昔日沒有說媒訂親，也不知如何拜侍。』

女子又說：『難道不記得鄂渚同舟回來，而抵達襄漢了嗎？』

裴航生深感驚訝，又有點害怕。誠懇的謝罪。之後問左右，說：『是小娘子 的姐姐雲翹夫人。劉剛仙君的妻子。已是高真，為玉皇之女吏。』

老嫗就派遣裴航帶妻子進入玉峰洞中。在瓊樓特別的房室居住。並吃絳雪瓊英的丹藥。自此體性清虛，毛髮黑綠，自在的化神了。更高超為上仙。

到太和年中，其友人盧顥，在藍橋驛站之西的地方遇見裴航，說得道之事。又送給他藍田美玉十斤。紫府雲丹藥一粒。講了很久的話。

盧顥以額觸地拜說：『道兄既得道，能夠乞求教授一言嗎？』裴航說：『老子說：「虛其心，實其腹。」現今之人，心愈實，如何能得道的方法。盧子都懵然不懂。而告訴他說：「心多妄想，腹漏精溢，即虛實可知矣。」凡俗的人自然有不死的方法，大還丹的方子。但你還不太方便教以後再說。』盧顥知道不能再請求，宴會終了就回去了。後世的人沒有再遇到他。（出《傳奇》）

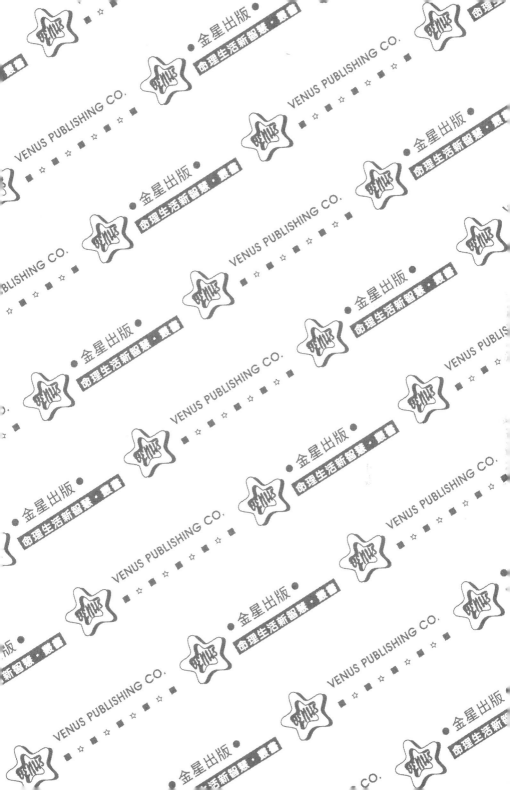